AF131253

Bruno PACCHIELE

LA LETTRE ÉGARÉE

Édition : BoD · Books on Demand GmbH, In de Tarpen 42,
22848 Norderstedt (Allemagne)
Impression : Libri Plureos GmbH, Friedensallee 273,
22763 Hamburg (Allemagne)

ISBN : 978-2-3225-1586-8
Dépôt légal : Novembre 2024

Si ma mémoire ne me fait pas défaut, cela s'est déroulé le soir de Noël 1999. J'avais été invité un peu par hasard, dans une famille que je ne connaissais pas.

Je m'explique. Deux jours auparavant, il avait copieusement neigé dans cette région de France où l'on n'est pas habitué à ce genre de divertissement ou désagrément, question de point de vue. Mon antique 205 passait partout et je ne regrette qu'une seule chose, c'est d'avoir été obligé de m'en séparer quelques années plus tard. Bref, je roulais tambour battant sur une route rendue particulièrement glissante pour un non habitué, et traître pour qui possédait une grosse berline.

C'était le cas de cette femme qui semblait écoeurée, les bras croisés sur son affliction, se tenant debout, à peine soutenue par le montant d'acier de l'imposante berline allemande, emmitouflée dans un large manteau qui dénonçait une certaine aisance financière. Tout, dans sa tenue, son aspect, jusque dans son regard, dénotait l'appartenance à une certaine élite.

Elle ne fit aucun geste pour que le premier péquenaud s'arrête lui porter secours. Dans son esprit, cela allait de soi.

Ce genre de personne, imbue d'elle-même, avait le chic pour m'énerver prodigieusement. Mais cette fois-ci, je ralentis.

Je me garais précautionneusement pour ne pas partir dans le profond fossé où gisait la Mercedes, comme un animal percuté de plein fouet par un véhicule quelconque. La grosse berline avait perdu tout son attrait dans cette posture de bovin échoué par erreur sur le bas-côté. On peut constater parfois pareilles désolations lors d'échouage de cétacés sur les plages, à l'automne.

Le soleil brillait dans un ciel sans nuage, mais il rasait l'horizon comme à chaque mois de décembre et une fine brume persistait, rendant la visibilité pas aussi optimum que convenu, aussi je me hâtais de déployer un triangle de signalisation à quelques centaines de pas du lieu du drame.

La dame ne m'avait pas encore adressé la parole, mais j'avais eu le loisir de la détailler sommairement en quelques œillades entre mon énergique activité de secouriste et de baliseur des lieux. Son allure était celle de ces personnes qui ont l'habitude d'être obéies et servies à longueur de journée. Son maintien, même dans cette situation relativement dégradante, restait de marbre. Sans lui poser la question, on savait qu'elle n'était en rien responsable du dérapage inopiné de son véhicule. D'ailleurs, elle ne s'abaisserait jamais à donner un quelconque justificatif à cette perte de contrôle. En revanche, elle maitrisait à la perfection ses nerfs.

Je ne pus voir ses mains, gantées du meilleur cuir, et je le regrettais amèrement. Je l'avoue fièrement, j'ai toujours eu un faible pour les mains. Celles des femmes naturellement. Ne me parlez pas des paluches informes, souvent poilues, aux ongles détestables et mal coupés, noircis, dont les hommes sont si fiers. Il n'y a vraiment pas de quoi ! Tandis que les fines et longues mains féminines m'émeuvent à un tel point que je fantasme très vite. Certains font une fixation sur les pieds, d'autres ont un béguin pour les genoux, il y en a qui se damneraient pour une paire de cuisses, j'en connais de passionnés par les épaules ou la nuque, la plupart se focalisant sans recherche aucune sur la chevelure ou les seins. Moi, ce sont les mains.

Son visage ne reflétait aucune émotion particulière, peut-être un certain agacement ou une impatience latente. Elle devait attendre dans cette rigoureuse position depuis pas mal de temps déjà.

Lorsque je lui adressais la parole, elle me regarda comme un extra-terrestre fraichement débarqué de son vaisseau, qui lui demandait le plus court chemin pour rejoindre la banlieue d'Andromède.

Elle m'évaluait selon son barème de castes sociales. Ce jour-là, je portais comme à mon habitude un pullover marron très près du corps dont le col enserrait mon cou jusqu'au menton, m'évitant les angines à répétition de mon enfance, et me donnant un aspect de prof en vadrouille ou d'écrivain retiré à la campagne, ce qui était doublement le cas. Cela dut lui plaire, du moins lui convenir, car pour la contenter il fallait déployer d'autres charmes, ne parlons même pas de séduction.

Elle appartenait visiblement aux hautes sphères de la gent féminine, de celles que l'on regarde passer sans nous jeter un seul regard. A ce niveau, ce n'est même plus du snobisme, juste une seconde nature. Elles appartiennent à d'autres. Plutôt n'appartiennent-elles pas tout simplement à elles-mêmes en fin de compte ?

> — Il semblerait que ma bonne éducation me commande de vous proposer mon modeste moyen de locomotion, n'est-ce pas ?

Elle resta un instant à m'observer comme si j'avais prononcé tout autre chose. Puis, un sourire éclaira son visage de l'intérieur, ses yeux se firent plus doux et sa bouche remua. Elle allait parler. J'étais tout à l'écoute de ses premiers mots. Ses premiers mots pour moi, exclusivement.

— Je suppose qu'il n'y a pas d'alternative ?...

Elle empoigna son sac Vuitton dissimulé par le large manteau et m'emboita le pas. Elle avait donc tout prévu. Elle était prête. Depuis le début, elle semblait avoir attendu le bus. Excepté que ce genre de femme ne prend jamais le bus. Sans réfléchir, je me précipitais pour lui ouvrir la portière à la manière de ces voituriers des grands hôtels, obséquieux et empressés, deux tares qui ne font heureusement pas partie de mon caractère. Je n'allais cependant pas jusqu'à me courber avant de refermer la porte sur elle. Si elle faisait partie de cette frange privilégiée qui aime à se faire servir, elle n'en dédaignait pas moins les subalternes et les faire-valoir. J'allais devoir jouer serré.

Je tournais la clé et le petit moteur de ma 2CV, surement aussi puissant que celui qui commandait l'ouverture des vitres électriques de son bolide, se mit à ronronner d'une manière rassurante.

Le premier kilomètre allait être décisif. Elle devait se sentir d'emblée en confiance, aussi en sécurité que dans son large habitacle bardé de tissus et ronce de noyer, dissimulant une batterie d'airbags en attente de fonctionnement. Les vitres teintées de l'Allemande ne m'avaient pas permis de deviner si les coussins protecteurs s'étaient déclenchés lors de l'impact.

Je n'espérais qu'une chose : que la soudaine proximité de nos deux corps n'allait pas la contrarier durablement. Coutumière des grands espaces, je craignais qu'elle ne se braque envers moi à cause d'une mitoyenneté de prolétaires. J'adoptais la conduite la plus souple de mon répertoire afin qu'elle comprenne bien que nous n'allions pas prendre le chemin déjà emprunté par son imposant véhicule. Cela dut lui plaire car c'est elle qui brisa le silence, si l'on peut employer un tel qualificatif pour décrire le ronronnement constant du faible moteur qui devait dépasser de beaucoup en décibels le doux murmure des huit cylindres de son colosse d'acier allemand.

> — Je tenais à vous remercier de votre prévenance à mon égard. Sans vous, je me demande combien de temps j'aurais dû devoir patienter ainsi. Il ne passe jamais personne sur cette artère...

J'étais aux anges. D'abord elle concevait une légère considération pour ma personne et mes manières puisqu'elle osait s'abaisser à émettre des remerciements. Dans son milieu, les mercis ne sont pas légion. Surtout, elle avait proféré ces remerciements sur un ton d'égal à égal et non comme on dit merci à son jardinier ou sa femme de chambre pour une haie bien taillée ou une chambre parfaite. Ensuite, employer le terme "d'artère" pour qualifier cette vague route secondaire était de bon augure pour la suite des évènements, si toutefois on pouvait les qualifier d'évènements et s'il y allait avoir une suite à tout ceci.

Je répondais élégamment que cela était bien naturel dans une formule dont j'ai le secret, et puisque c'est un secret de romancier, je ne vais pas la reproduire ici. Désolé.

— Je me rends bien compte que de simples remerciements informels ne suffisent pas à remplir mon devoir envers vous.

Elle avait légèrement changé de ton en prononçant cette tirade. Un infime rapprochement s'effectuait, lentement. Puis, elle laissa un temps. Et, dans ma tête en effervescence constante et spécialement en ébullition depuis notre rencontre sur ce bord d'artère, je commençais à échafauder quelques scenarii digne des pires films érotiques que, planqué sous une couverture dans le salon familial, je matais avidement du haut de mes treize ans, le dimanche soirs.

Je sentais son épaule qui, dans les virages à droite, que je prenais pourtant le soin d'aborder à vitesse réduite, venait presser tendrement la mienne au travers, il est vrai, de plusieurs épaisseurs de tissus. Loin des ostensibles étreintes, ce sont ces petits attouchements, ces frôlements, ces effleurements qui déclenchent le désir. Je nous imaginais déjà sur la banquette arrière grinçante et gémissante comme jamais. Notre esprit, le mien en tout cas, peut démarrer au quart de tour parfois. J'en étais là de mes aberrations fantasques lorsqu'elle poursuivit.

— Veuillez me pardonner cette indiscrétion mais, que faites-vous pour Noël ?

Là, j'étais littéralement scié. Je tournais furtivement la tête vers ma passagère d'une heure. Son regard réitérait sa question verbale, accompagnés d'un très léger haussement des sourcils. Je découvris un air mutin se dessiner aux coins de ses lèvres. Il était flagrant qu'elle parlait du réveillon, mais je crus bon de devoir préciser :

— Vous voulez dire, la veille de Noël, ce repas essentiellement familial qui mélange allégrement des mets de choix arrosés de champagne et qui tourne autour des cadeaux des enfants, et tout ça ?

Elle se fendit d'un demi-sourire, de ceux dont on récompense les enfants qui ont reçu une bonne note en composition française.

— Parfaitement. Le réveillon du soir de Noël. La dinde aux marrons, le foie gras et les toasts, la bûche, les cadeaux au pied du sapin, la messe de minuit et le vin chaud…
— Le vin chaud ?

Elle pouffa à peine, comme pour s'excuser.

— Oui, chez nous, c'est vin chaud, et cela depuis que je suis toute petite.

Je tentais de l'observer à la dérobée. Elle fixait un point loin devant sur la route. Son visage reflétait son âge. Elle n'était pas de ces quadras qui tentent par tous les moyens de se faire croire plus jeune et ne parviennent dans la majorité des cas qu'à atteindre l'exact opposé de leur objectif.

On pouvait y lire, à condition d'y regarder avec des yeux imprégnés d'amour sincère, les belles années qu'elle avait passé. Une vie remplie de dons de soi, oeuvrant pour les autres, spécialement les plus démunis, une sorte de charité chrétienne moderne. Je l'imaginais apprenant à lire à des petites filles du Tchad, à vacciner les enfants du Mali, à secourir les victimes des mines anti-personnel au Cambodge, à combattre la malnutrition en Ethiopie ou à tenter d'endiguer l'impitoyable vague de prostitution enfantine en Birmanie.

Sans quitter l'horizon des yeux, elle reprit :

— Du reste, n'allez pas imaginer une soirée privée autour de bambins excités par les cadeaux et la magie de Noël. Certes, vous n'échapperez pas au traditionnel sapin décoré dans le salon, un menu convenu et certainement des histoires de famille qui vous ennuieront volontiers, mais tout cela reste très convivial, dans une ambiance décontractée. Ce n'est pas un repas de famille guindé, ni même une réception d'ambassade.

— Je ne sais si je dois accepter... C'est très gentil, mais un peu disproportionné comme geste de remerciement pour quelque chose de très naturel après tout. Personnellement, je n'ai rien de prévu. Pas de famille autour de laquelle me retrouver et mes amis sont tous happés par leurs obligations de pères, de grands frères, de fils reconnaissants, enfin, vous voyez…

— Je vois très bien. Faites-moi plaisir, acceptez. Que pouvais-je refuser à ces yeux suppliants? J'étais sous le charme mais, dorénavant, plus aucune pensée impure ne s'échappait de mon cerveau enfiévré. Il n'était plus question de galipettes sur la banquette arrière aux ressorts fragiles. Cette femme m'en imposait, c'est tout. L'amour a besoin d'admiration, la concupiscence juste du déclenchement d'hormones au bon moment.

Il se passa de nouveau quelques minutes dans ce silence déjà évoqué, du ronronnement du moteur de mon bolide de 300 kilos. Je pensai soudain à quelque chose.

— Je vous dépose où ?

Elle tourna la tête vers moi. Son expression avait encore changé. C'était une sublime femme à qui on ne pouvait donner d'âge puisqu'il serait fatalement plus élevé que ce qu'elle en inspirait. De toute manière, elle était forcément mariée à un grand ponte, chirurgien réputé, ambassadeur de France dans un pays inlocalisable sur la mappemonde, dirigeant d'entreprise prospère mais équitable, notaire aux nombreuses activités, préfet aux lourdes responsabilités, surement homme politique influent, mais intègre. Une femme d'une telle qualité ne pouvait avoir épousé un homme n'ayant pas réussi sa vie. Il n'était question d'aucun avenir avec une déesse pareille. Juste peut-être, un rendez-vous élégant, tout au plus une nuit d'amour. Voilà que mes pensées démoniaques envahissaient de nouveau mon esprit.

— Si cela ne vous dérange pas, vous pouvez me laisser chez moi. C'est à quelques kilomètres et vous saurez le chemin pour après-demain. Je vous indiquerai la route à suivre, ne vous inquiétez pas.

Je n'étais pas inquiet du tout, juste un peu perplexe. Dans quel manoir, vers quel château allais-je atterrir ? Il nous fallut vingt bonnes minutes pour rejoindre son "chez elle" comme elle aimait à l'appeler, et ce fut un enchantement. Toutes les barrières tombèrent. Toutes mes suppositions sur son rang aussi. Nous parlâmes de choses et d'autres comme si rien ne nous séparait. J'en vins à me convaincre qu'elle se donnait des airs de diva bourgeoise, mais qu'en fait, elle n'était qu'une femme de quarante ans comme les autres. Peut-être même divorcée, avec ses problèmes de femme célibataire, ou toujours mariée ou remariée et trainant du coup, des soucis de couple. Son air distant et hautain n'était qu'une façade. Certes son manteau était de bonne coupe, ses manières dénotaient un savoir-vivre qui ne s'apprend qu'au contact d'une élite. Peut-être était-elle une simple domestique au service des grands de ce monde, formée et éduquée dans les meilleures écoles Suisses? Ou bien, le plus simplement du monde, était-elle une femme désirant s'élever au-dessus de la vulgarité de son humble condition. Il n'est pas obligatoire de posséder toutes les richesses du monde pour se comporter en lady ou en gentleman. En tant que professeur, je ne pouvais qu'adhérer à ce genre de considération. La culture et le savoir sont accessibles à tous, et particulièrement à ceux qui, visiblement, pensent ne pas y avoir droit.

Les sujets de conversation s'enchainaient avec bonheur, mais ne me permettaient nullement d'en savoir plus sur elle. Nous parlions de choses et d'autres, du monde dans ses généralités confondantes, de l'environnement et son cortège de changement climatique et d'espèces en voie d'extinction, quasiment de géopolitique, mais jamais de nous. Une camaraderie s'installait doucement.

Une intimité qui chassait définitivement tout rapport amoureux, anéantissait la libido la plus farouche, effaçait les fantasmes érotiques. Elle aurait pu tout aussi bien être un homme, un ami d'enfance qu'on retrouve après s'être perdu de vue, un copain de régiment avec qui on a fait les cent coups, un collègue avec lequel on partage plus que les aléas du boulot, un pote qui partage les éternelles soirées foot devant la télé, une bonne bière à la main.

Quand elle me fit signe de tourner à gauche dans une allée de fins graviers bordée par deux rangées de peupliers, je ne voyais plus en elle une élégante femme altière à la prestance impeccable et aux manières irréprochables, ce qu'elle était toujours toutefois, mais une complice, une partenaire, un acolyte.

L'allée n'en finissait pas. La neige gelée crissait sous les pneus de mon tacot, quelques flocons se détachaient des ramures tendant leurs doigts vers un ciel désolé et voletaient autour de nous. Le pale soleil allongeait les ombres des peupliers sur des prés gelés. C'était féérique. Soudain, le chemin marqua un virage à droite. Alors, je compris…Une large et haute grille, un portail majestueux. Elle actionna un petit boitier, sorte de petite télécommande qui allait inonder les ouvertures de portières automobiles dans la décennie qui arrivait.

Le double portail s'ouvrit comme par magie. Je la questionnais du regard. Elle haussa à peine son menton pour m'indiquer de continuer.

Alors, le manoir se révéla dans toute sa splendeur. C'était une bâtisse majestueuse, ornée de quelques ifs et pins savamment choisis et disposés afin de mettre en valeur une façade illuminée de dizaines de croisées à petits carreaux. Il y avait quelque chose de Normand dans l'allure de la bâtisse Le large perron qu'une demi-douzaine de marches rattachait à l'allée de graviers proposait un sapin discrètement décoré avec goût et une entrée agrémentée de deux colonnes de style grec. Cette façade en imposait à elle seule, mais j'imaginais déjà la splendeur du côté opposé qui devait donner sur un immense jardin à la française avec bassins et haies précautionneusement taillées.

> — Je vais manquer à mes plus élémentaires devoirs en ne vous invitant pas à boire un verre, mais tout est sens dessus-dessous et cette détestable histoire de dérapage m'a mise en retard.

J'allais la rassurer de ses égards, lorsqu'elle conclut notre rencontre d'un simple :

— Je vous attends après demain soir, sans faute. Le diner est à vingt heures trente. Si vous pouviez venir une demi-heure plus tôt, j'aurais le plaisir de vous présenter dans les formes.

Je regagnais mon domicile qui me parut plus que jamais étriqué, en comparaison du faste, entrevu à peine une heure auparavant. J'entrais chez moi comme dans une maison de poupée.

Des questions se bousculaient dans ma tête, chassant les pensées libertines et licencieuses qui s'y étaient dispersées quelques heures plus tôt. Avant tout, je n'avais pas eu la présence d'esprit de demander si la soirée était "habillée". J'examinais ma penderie. Aucun smoking ni de tenue digne des lieux et surement des invités présents le surlendemain. Je passais un coup de fil à Jérôme qui avait deux qualités, outre celle primordiale d'être mon meilleur ami et il faisait ma taille et possédait forcément de quoi revêtir n'importe quel invité à n'importe quelle occasion. Jérôme est en charge des relations publiques, rattaché au bureau du préfet du département. Les réceptions, les mondanités, ça le connait.

— Alors, tu t'es décidé à frayer avec le grand monde, sacré cachotier !

Quiconque avait croisé Jérôme pendant une cérémonie diverse, lors d'une investiture, d'une inauguration ou d'une remise de prix ou médaille, n'aurait jamais, au grand jamais, pu imaginer comment il était au naturel. Son allure s'apparentait davantage à celle d'un clochard, son langage d'un charretier et son passe-temps à un guetteur de la vie sauvage. Il passait tout son temps libre à épier, à traquer, à guetter, à pister volatiles, petits mammifères, bref tout ce que la nature hostile pouvait regorger d'animaux farouches. Il n'hésitait pas à ramper dans la boue, traverser des fourrés d'épineux et passer des nuits blanches dans d'inconfortables bivouacs, jumelles à portée de main, et Nikon dernière génération autour du cou.

Par ce grand écart, il avait réussi à trouver un équilibre qui lui permettait d'être un modèle de diplomatie lors des diners officiels, toujours sur son trente et un, aux manières impeccables, l'élégance doublée d'une assurance en toutes occasions. Il pouvait aussi bien côtoyer le monde sauvage et animal que la bonne société des personnages influents. Dans un sens, en y réfléchissant un brin, on pouvait trouver aisément des points communs entre cette nature brute et ce monde policé en apparence, mais où le moindre faux pas pouvait vous coûter cher. Il m'aurait été bien utile, la veille de Noël, mais j'étais seul invité et surtout, lui avait encore un reste de famille au cœur du Périgord, qu'il allait rejoindre demain matin.

Pendant ces deux jours, je ne pensais qu'à cette soirée que j'avais eu la faiblesse d'accepter. Hormis la maitresse de maison, je ne connaissais personne, et elle serait certainement très occupée pour m'accorder ne serait-ce qu'une minute de son temps. Nous n'avions en résumé, passé qu'une petite heure ensemble et échangé de vagues considérations qui ne faisaient de nous deux à peine des relations. Du reste, je voyais déjà le petit prof de province largement dépassé par une horde de notaires, banquiers, députés, dirigeants de multinationales et chercheurs réputés, voire quelques têtes connues du petit écran, ou de stars du sport au plus haut niveau.

Mes soupçons se confirmèrent lorsque je garais ma minuscule 205 entre une Daimler resplendissante de ses chromes et une Porsche Cayenne rutilante. Le parterre de tulipes brillait d'ampoules multicolores, on aurait dit que les fleurs émettaient de la lumière. Un valet en livrée attendait en haut du perron. On avait eu visiblement pitié de lui, car il portait un épais manteau d'astrakan qui devait valoir une fortune.

— Bonsoir, Monsieur…

— Perillat, Arnaud Perillat.

Je détaillais le larbin qui jouait parfaitement son rôle, même un peu trop... Sous le manteau apparaissait les pans d'un costume hors de prix et sa paire de chaussures anglaises auraient demandé un an de salaire à un tourneur-fraiseur.

> — Je suis désolé, mais ma femme ne connaissait pas votre nom. Elle m'a raconté sa mésaventure et votre prompt secours. Je vous en remercie vivement.

Et, sans plus de cérémonie, celui que j'avais pris pour un serviteur engagé pour la soirée, me tendit une main ferme et froide. Son visage grave s'éclaira d'un sourire qui réchauffait la nuit glaciale.

> — Je dois rester ici quelques minutes, le temps d'accueillir les retardataires, mais entrez vite. Quelques invités sont déjà là et vous retrouverez Blandine au salon.

"Blandine… Oui, ça collait pas mal au style de la dame".

Je traversais le hall dans lequel mon appartement aurait tenu sans toucher les bords.

Une soubrette faisait le pied de grue. Surement la préposée au vestiaire, mais je n'avais pas de manteau, n'ayant pas jugé nécessaire de m'encombrer pour effectuer les quinze pas qui séparaient ma voiture de l'entrée du manoir.

— Bonsoir Monsieur, s'exprima la gamine.

Je constatais avec effroi que les propriétaires, sous leurs vernis de bienséance et de courtoisie, n'hésitaient pas à employer des mineurs, surement payés au noir et absolument pas couverts par l'assurance-maladie...

— Vous devez être le sauveteur de maman. Elle m'a raconté. C'était tordant... mais très généreux à vous.

J'avais une nouvelle fois, fait fausse route. L'adolescente respirait les meilleures écoles britanniques et ses expressions étaient dignes d'être récompensés par l'Oscar du meilleur second rôle, l'hiver prochain. Elle était passée, en moins de six secondes, d'un air tranquille d'hôtesse accueillante, à un regard empreint de sollicitude lorsqu'elle avait prononcé le mot "sauveteur", puis un furtif sourire moqueur s'était imposé une demi-seconde au mot "tordant" avant que son regard ne prenne quinze ans d'âge dans un très mature "généreux". Maintenant, elle arborait le sourire d'un ange, me proposant de continuer ma visite de la splendide demeure.

— Pas de vestiaire ? Interrogea-t-elle, mutine.

Je haussais les épaules, déjà complice. Elle poursuivit, toujours les paroles accompagnées de regards divers et variés, soutenant les mots et les phrases. Elle aurait pu être muette, ça n'aurait rien changé à sa plus complète compréhension.

— Vous avez bien raison. Les pelures ne servent qu'à se montrer, se faire valoir. Du reste, je ne sais pas pourquoi on m'a plantée ici… Ce soir, c'est la crème de la crème, vous verrez. Parfois les gens importants oublient un peu qu'ils ne sont pas si irremplaçables.

Je ne comprenais pas bien la portée de la tirade de la jeune fille. Son visage, et spécialement son regard, avaient souligné tous les mots qu'elle avait prononcés avec un détachement et un second degré de lord anglais. Se situait-elle dans un second degré moqueur, bien compréhensible à son âge, ou bien passait-elle déjà à un degré supérieur, ironisant une moquerie feinte pour mieux dérouter son interlocuteur.

Une chose est sûre, avec vingt-cinq élèves de la même trempe dans mon cours, je n'aurais pas été sorti de l'auberge !

Je continuais ma progression. La pierre du perron avait laissé place à du marbre pour le hall et voici que d'épais tapis amortissaient tendrement mes pas. Le salon resplendissait de tous ses feux. Je stoppais, frappé de stupeur. La pièce demanderait un chapitre entier pour être convenablement décrite. Je ne suis pas Hugo ni Dickens, ce que je regretterai toute mon existence sans doute, et il m'est difficile d'en relater ici toute la magnificence dans ses moindres détails. J'étais subjugué par autant de faste. L'éclairage provenait d'antiques lustres qui devaient peser au moins une tonne chacun et ils étaient au nombre de trois. Des tableaux de maitres se partageaient deux pans de murs, tandis que quelques ornements embellissaient les deux autres : sculptures grecques, guéridons servant de support à d'autres moulures représentant ici un chat assis fièrement, là un vase de cristal tarabiscoté par l'un des meilleurs souffleurs de verre au monde. On rencontrait partout des objets sublimes dont la patine trahissait l'âge.

Une croisée était dissimulée par de grands rideaux pourpres, retenus par une corde de navire.

Quelques fauteuils inoccupés tendaient leurs bras bicentenaires, ici une frêle bibliothèque recelait quelques classiques en édition luxueuse, forcément originale. Les invités s'étaient disséminés dans tout l'espace, discutant par petits groupes. On sentait aussitôt des gens habitués à être reçus et à recevoir eux-mêmes. Ils étaient comme des poissons colorés dans l'eau transparente du lagon de rêve.

Je remarquais une large table habillée d'une nappe crème, qui faisait office de buffet : une armée de petits fours et quelques légions de toasts s'offraient aux estomacs, tandis qu'une crédence était comblée de diverses bouteilles de tous formats et contenant tous les alcools de la Terre.

Je me retournai. De part et d'autre du corridor qui menait au hall d'accueil par lequel j'étais entré, un double escalier se rejoignait à l'étage. Quelques invités avaient pris de la hauteur et commentaient nonchalamment la vie qui passe. Au pied de l'aile droite, une femme me tournait le dos. Elle portait une robe d'un rose très pâle qui laissait respirer ses omoplates jusqu'à la naissance des reins. Ses cheveux étaient savamment maintenus en un chignon faussement désinvolte, cela avait dû lui prendre des heures à trouver cette perfection dans la spontanéité.

Aussitôt, tout le luxe alentour s'était dissipé comme par magie et je ne pensais plus qu'à elle. Je savais que lorsqu'elle se retournerait, je ne serais pas déçu. Pas déçu, non, mais surpris, oui.

C'était la maitresse de maison. La même femme que j'avais dépannée deux jours auparavant. Elle avait troqué son ample manteau, son jean noir et ses bottines contre une tenue de soirée qui allait ridiculiser toutes les autres toilettes d'ici peu. Lorsqu'elle me vit, elle s'empressa de se soumettre à ses obligations de maitresse de maison.

> — Bonsoir ! Je craignais que vous ne veniez pas, du moins que vous auriez fait demi-tour en voyant le parking jonché de grosses berlines. Vous êtes venu avec votre 205 ?

Je lui avouais que je n'avais pas d'autre moyen de locomotion, en essayant mon sourire le plus convaincant, celui que j'utilise parfois auprès de ma hiérarchie, à savoir Madame Tapoul, directrice du lycée René Cassin.

> — Rassurez-vous, reprit-elle. Ils en imposent comme ça, mais c'est davantage la fonction qui leur donne cet aspect intimidant. Enlevez sa

robe au juge, son brushing au présentateur, retirez le chirurgien de son bloc opératoire et le multi-actionnaire de son fauteuil au conseil d'administration, et vous obtiendrez la plupart du temps, des gens charmants et sans chichi.

Sans façon, elle m'empoigna délicatement l'avant-bras et entreprit un tour d'horizon succin et précis. Je serrais des mains qui faisaient avancer le monde et j'en étais quelque peu étourdi. Je baisais le bout des doigts de leurs compagnes qui ne me bouleversaient point. La plus belle femme du monde était là, à mon bras. J'étais au paradis.

— Vous verrez, ce sont des gens charmants. Je ne prétends pas qu'ils sont tous comme ça dans les hautes sphères de leurs spécialités, mais ce soir, ne sont autorisés à pénétrer dans ce sanctuaire que ceux et celles qui connaissent la valeur des choses, et pas seulement leur prix.

Elle marqua un temps d'arrêt et me regarda bien en face avant d'ajouter :

— Vous avez remarqué que nous nous passons de personnel domestique ?

Je balbutiais que j'avais été un peu étonné de ma rencontre avec son mari, puis sa fille.

— Vous n'êtes pas au bout de vos surprises, mon cher. C'est une tradition dans cette maison, et depuis que je suis toute petite. Cela vient de mon grand-père. Vous ne l'avez pas encore croisé. Il est très vieux et préfère se reposer au calme avant de nous rejoindre pour le diner.

Je restais muet. Je buvais ses paroles. Elle était délicieuse à tout point de vue. Sa beauté n'était en rien surfaite. Elle avait certainement de quoi investir dans de la chirurgie esthétique et forcément connaitre les bonnes adresses; elle n'en avait nullement besoin et, surtout, pas la moindre envie. Tout respirait la simplicité chez elle. Elle s'exprimait bien sûr dans le meilleur des français et je la soupçonnais d'être aussi à l'aise en anglais, en allemand et en russe, mais elle n'était jamais pédante et hautaine. C'était évidemment une femme de goût, il suffisait de contempler cette salle d'accueil, et je lui prêtais des valeurs morales irréprochables. Elle n'avait qu'un seul défaut : elle était mariée.

— Nous avons tout de même fait une entorse à la règle : un personnel plus que qualifié s'active en ce moment même en cuisine, et Brigitte assurera le service.

Mais déjà, d'un simple mot d'excuse, elle m'abandonnait pour aller accueillir le couple qui venait de faire son entrée. Il me semblait reconnaitre un ancien champion de tennis au bras d'une dame qui avait l'âge d'être sa fille.

Les invités commençaient à emplir la salle, sans pour autant sembler réduire son envergure. Nous serions une bonne trentaine au bas mot, et ce qui était une réunion intime pour ces gens-là, était un véritable banquet pour ma faible expérience des mondanités. J'étais tout de même agréablement surpris. Plusieurs fois, on m'accosta simplement, sans chichi et sans me faire sentir le gouffre social et culturel qui devait me séparer de mon interlocuteur. Il y avait moins d'affectation, de fatuité et de prétention dans cette basse-cour que chez certains de mes collègues, en particulier ceux qui avaient eu leur petite heure de gloire. Une thèse publiée, une distinction obtenue, un voyage aux confins du monde, bref de quoi se faire mousser aux yeux de leurs collègues moins chanceux.

Je me rendais compte alors, que la reconnaissance sociale doit être suffisamment importante pour que son auteur soit libéré de ces mauvaises manières empreintes de snobisme, de forfanterie et de vantardise. Passé un certain cap, l'égo se satisfait lui-même et n'a plus besoin d'une exposition au-devant d'une médiocrité ambiante pour se satisfaire. Médiocrité ambiante uniquement décrété par cet ego en manque de reconnaissance, car l'imperfection réside davantage chez celui qui croit que les honneurs lui sont dus, plutôt qu'à son auditoire. Plus on est honoré, moins on cherche cette légitimation de la même façon que, plus on est riche, moins on le montre. Enfin, chez certains…

Une coupe de champagne tinta et le silence se fit. La maitresse de maison que j'appelais déjà Blandine, sur ses propres instances, annonça que l'on pouvait passer à table. Une rumeur de contentement accueillit la proposition et personne ne se fit prier pour s'avancer dans une nouvelle pièce.

Celle-ci était nettement moins tape-à-l'œil que le salon de réception. Juste un tableau représentant une scène de bal du quatorze Juillet, qui avait tout l'air d'être signé Renoir, ou plutôt une scène de guinguette comme il en existait par dizaines aux bords de Seine à la fin du XIXème. Des jeunes gens étaient attablés, contemplant quelques jeunes et jolies filles ou rêvant devant des couples qui valsaient entre les tables, canotiers et robes de mousselines de rigueur. Les arbres semblaient supporter des luminaires qui étaient tous éteints. C'était un après-midi nuageux, les couleurs n'étaient point illuminées par une lumière trop vive et restaient dans les tons bleus sombres et blancs à rayures, pour les tenues des femmes.

Un modeste arbre de Noël simplement décoré de pommes de pins aux couleurs campagnardes, de fruits secs et de petits pantins de chiffon. Aucune guirlande qui ne soit pas naturelle. L'une tressée de branches de houx, l'autre de boules de gui. Quelques animaux en origami s'accrochaient aux branches. Jamais je n'avais vu un tel embellissement.

Le mari de Blandine vint se poster à mes côtés, semblant découvrir le sapin pour la première fois.

— Étonnant, n'est-ce pas ?
— Effectivement, c'est peu commun.
— Encore une idée de Joseph.
— Joseph ?
— Oui, vous ne l'avez pas encore rencontré. C'est le grand-père de Blandine, vous allez voir, c'est un sacré personnage. Je suis sûr que vous allez l'aimer.

Tout le monde s'installa à la bonne franquette, il n'y avait pas de plan de table. Je commençais à me rendre compte que, malgré le nombre et l'importance des convives, ce diner allait être d'un naturel tout familial. Et ce fut le cas. Je passerai sur la charmante conversation que nous avons eus, une dame grisonnante et moi-même, sur un sujet qui me tient à cœur : l'influence de l'homme sur la vie sauvage, et la place de l'animalité dans notre monde civilisé. Elle m'avoua avoir voué sa vie à la cause animale sans faire preuve de cet angélisme propre aux défenseurs des petites bébêtes. Puis, mon voisin de gauche enchaina sur quelques réflexions particulièrement pertinentes sur la littérature du dix-neuvième siècle et le monde des livres en général. Je compris à demi-mots qu'il exerçait dans le monde journalistique d'investigation. De vraies enquêtes poussées, bien documentées, allant au fond des choses, rédigées par une vraie plume, pas ce journalisme voyeuriste qui a remplacé la véritable information de nos jours, mâtiné de sensationnalisme et de potins de commères de cour d'immeuble.

Il y eut de beaux échanges de haute volée, concernant la peinture et la musique. J'étais merveilleusement entouré et, d'une façon générale, cette tablée concentrait tant de talents cachés que c'était un plaisir d'y avoir été convié.

Je remerciais intérieurement mille fois cette femme superbe qui dominait la tablée de son élégance et de sa prestance. Je jalousais son mari, ses connaissances et ses amis d'avoir la chance de pouvoir la fréquenter. N'étant pas né de la dernière pluie, je réussis à ne pas me sentir inférieur face à cette débauche de gens, tous plus intéressants les uns que les autres et qui avaient cette intelligence devenue rare de ne pas le montrer outre mesure. La pédanterie était miraculeusement absente de ce diner. Il va de soi que les sujets de conversation dits sérieux, étaient souvent abordés avec cette légèreté propre aux festivités de fin d'année, que l'humour enrobait ces belles phrases, que des plaisanteries ponctuaient ces pensées profondes et qu'une certaine frivolité planait sur cette soirée, qui s'avançait dans le temps sans qu'on s'en rende compte. Nous étions parvenus au dessert sans que je m'ennuyasse un seul instant.

Les conversations étaient aussi passionnantes que les mets étaient délicats et exquis. Un cocktail de crustacés avait ouvert l'appétit, puis un vrai foie gras en provenance directe de son Périgord natal délia les langues les plus timides. Les meilleurs vins accompagnaient ce festival culinaire. La dinde aux airelles fut saluée comme une danseuse étoile lors du final du Lac des Cygnes.

Ce n'était pas seulement quelques baies noyées dans un coulis de framboise, mais bien une armée de groseilles, de myrtilles, de mûres et de canneberges qui mettaient en valeur la volaille. Puis, on nous servit une boule glacée arrosée de vodka en guise d'entracte. Il fut ensuite question d'une tranche de rôti dont mes maigres connaissances en la matière m'empêchèrent d'identifier le propriétaire, et sa cascade de pommes vapeurs, aussi fines et légères que des flocons de neige. Je n'ai jamais apprécié les endives, mais cette fois-ci je me régalais de leur amertume juste coupée par l'âpreté du pissenlit. En cuisine, on devait avoir le chic pour accommoder les produits les plus simples et en faire une véritable symphonie. Cela a un nom, ça s'appelle le talent. Après tout, les grands maitres n'utilisent pas d'autres couleurs de base sur leur palette, les génies de l'opéra n'ont besoin que des mêmes notes de la portée, pas une de plus, les tragédiens puisent leurs vers dans n'importe quel dictionnaire, et les savants n'ont que la logique pour résoudre des équations difficiles.

On en vint aux fromages, tandis qu'autour de moi les conversations se faisaient plus personnelles. Minuit approchant, un peu de mysticisme enveloppait les esprits. On évoqua le rôle des religions, la foi.

On se confia plus intimement, rappelant des souvenirs d'enfance.

Un verre tinta. Blandine se leva et enjoignit chacun à passer au vestiaire. Il était onze heures trente et toute la tablée allait assister à la traditionnelle messe de minuit. Je crus que c'était une plaisanterie. Rien dans leur attitude, leur comportement, leurs conversations ne laissait présager une quelconque religiosité de pacotille. Mais tous les invités se dirigeaient déjà vers le hall d'entrée. Je suivis le mouvement un peu à contrecoeur. Même si je n'ai jamais fait partie de la confrérie des bouffeurs de curés, je tiens toutes ces simagrées pour ce qu'elles sont. Les convictions personnelles sont une chose, les exposer ostensiblement aux yeux de tous, en est une autre.

Blandine dû remarquer ma réticence, car elle se rapprocha de moi et me glissa doucement.

— Ne vous inquiétez pas trop. Je vois bien que ce n'est pas votre tasse de thé, mais faites-moi confiance, vous allez être surpris.

Elle me regarda plus intensément avant d'ajouter :

— Avouez déjà qu'il y a deux jours, lorsque je vous ai lancé cette invitation, vous n'imaginiez pas passer une aussi agréable soirée. Ne niez pas, je vous ai observé pendant le diner. Vous vous êtes amusé, n'est-ce pas ?

J'allais opiner piteusement comme un gamin pris en faute, car c'était bien la réalité. J'avais passé un très agréable moment, surement l'un des plus beaux réveillons qu'il m'ait été donné de vivre, alors que je redoutais une succession de mondanités de la part de gens coincés ou snobs.

Nous étions sur le parvis du manoir quand elle s'écria :

— Vous n'allez pas sortir comme ça. Prenez votre manteau, cette nuit semble glaciale !

Sa fille s'approcha, un large sourire sur son visage grave.

— Maman, monsieur est arrivé tel quel. Tu as encore oublié de lui préciser que nous allions rejoindre la chapelle à pied.

Pendant un instant, Blandine me regarda avec pénétration, puis jeta un œil sur sa fille, hilare, avant de partir d'un franc rire.

— Au moins, vous ne pourrez pas dire que vous vous êtes ennuyé ce soir. Elle prit l'épais manteau que tenait sa fille dans ses bras, et s'offrit à me le faire passer tandis que l'adolescente me tendait une écharpe de soie bien chaude et un large chapeau tyrolien.
— Vous voilà bien accoutré ainsi, se réjouit la maitresse de maison, avant de froncer les sourcils en direction de sa fille.
— Mais c'est… c'est le chapeau de grand'pa ?
— Je sais bien, c'est lui-même qui me l'a proposé.

A quelques pas, Joseph hochait méticuleusement la tête, un brin de malice dans l'œil. Le vieillard n'était apparu qu'au moment où l'on servait les premiers coquillages dans les assiettes. Il s'était excusé d'une manière très douce. Je ne connaissais pas son âge, mais il ne le paraissait apparemment pas. Quelques cheveux couvraient encore un crâne bien ovale. Ses yeux étaient pétillants comme ceux d'un bébé. Il avait un nez digne de Cyrano et seules ses joues trahissaient les années, parsemées de nombreuses rides.

Lorsque Blandine m'avait présenté, il m'avait toisé en un seul coup d'œil et avait dit dans un sourire :

— Merci jeune homme de vous être porté au secours de ma petite fille. Je sais bien qu'elle a d'immenses responsabilités, mais elle reste encore une gamine à mes yeux, particulièrement lorsqu'elle a un volant entre ses mains.

Là-dessus, il était parti d'un petit rire discret qui avait bien amusé les convives autour de lui. J'avais à plusieurs reprises lors du repas, jeté des regards dans sa direction. Il m'avait semblé une ou deux fois, qu'il me fixait de ses yeux de lynx, mais je n'en étais pas absolument sûr. Il ne payait pas de mine. Même si les années l'avaient certainement un peu affaissé, il ne devait pas être bien grand au meilleur de sa vie. Ses manières étaient douces comme si une infinie paix régnait en lui, et il se déplaçait agilement, mais sans cette précipitation de petits pas que peuvent montrer les gens aussi âgés. C'était un arrière-grand-père modèle qui avait dû vivre une vie modeste et discrète et qui, au crépuscule de sa vie, montrait encore un visage avenant et une belle présence d'esprit.

Nous étions partis dans la nuit noire. Aucune étoile n'illuminait ce soir de Noël.

Au lieu de suivre la grande allée par laquelle les invités étaient tous arrivés, nous avions très vite bifurqué dans un chemin étroit où l'on ne pouvait marcher côte à côte que deux par deux. Le hasard voulu que je me retrouve aux côtés de la splendide Blandine.

— La chapelle n'est qu'à un demi-kilomètre du manoir, précisa-t-elle aussitôt. C'est une habitude qui date d'avant ma naissance. Tous les 24 décembre, les invités partent assister à la messe à pied, par le parc et le petit bois que nous allons traverser bientôt. Il faudrait presque autant de temps pour s'y rendre en voiture de toute manière, d'autant qu'il n'y a de place que pour deux véhicules au maximum, devant la petite chapelle. Si l'occasion se présente, je vous raconterai pourquoi il en est ainsi.

Je l'écoutais dans le murmure produit par les autres invités. Sa voix était chaude et grave lorsqu'elle modulait son timbre. Cette nuit opaque invitait au chuchotement et contribuait à une intimité inattendue. J'avais été surpris de l'absence d'enfants lors de cette soirée, et je lui fis remarquer.

— Vous avez parfaitement raison. Noël n'est pas vraiment Noël sans quelques têtes blondes pour s'émerveiller de cette nuit magique, de cette journée qui leur est dédié. Nous avons, nous les adultes, souvent perdu cette innocence, cette candeur propre à l'enfance et la capacité de s'enthousiasmer. A part Joseph, peut-être...

Elle resta muette quelques instants, surement en proie à quelques souvenirs anciens.

Puis, elle reprit :

— Il se trouve que, par le hasard des générations, cette fin de millénaire n'offre pas d'enfants dans notre cercle. Ma fille sera bientôt une jeune femme et aucun des invités de ce soir n'ont d'enfants assez jeunes pour s'exalter devant un arbre décoré. Ajouté à cela, quelques familles recomposées qui doivent se diviser lors de cette fête pourtant unificatrice, et vous aurez l'explication du manque de rires d'enfants ce soir dans le manoir.

Pendant tout son discours, elle avait machinalement pris mon bras et j'étais alors aux anges. Nous arrivâmes devant la petite chapelle qu'un seul réverbère éclairait chichement. Elle avait un bel aspect par cette nuit noire, ses murs de pierre grossièrement taillées lui conféraient une dégaine assez rustre, assez éloigné des courbes avenantes de ces petites maisons de Dieu qu'on a l'habitude de voir. Nous nous pressâmes rapidement à l'intérieur où des chants annonçaient que nous ne serions pas seuls. J'avais, en effet, imaginé un instant que c'était la chapelle dévolue au manoir, d'un abord privé et réservée aux seuls membres qui constituaient notre collège de ce soir.

A l'intérieur, pas une lumière qui ne fut pas naturelle. Des cierges se consumaient le long des parois austères, un seul vitrail faisait face à la petite porte d'entrée, au-delà de ce qui servait d'autel, des bougies émettaient une lueur tremblante, chancelante, vacillante un peu partout dans la pièce étroite. Un tableau représentant une scène du Mont des Oliviers était accroché sur le flanc gauche, quelques tapisseries champêtres masquaient les murs aussi bruts qu'ils m'étaient apparus à l'extérieur. Une lourde armoire devait servir à conserver les objets du culte et la parure du curé.

Nous étions une trentaine qui allions nous ajouter à autant de personnes déjà présentes pour une quinzaine de chaises. Le brouhaha, amplifié par les murs nus, alla en s'affaiblissant pour ne plus laisser s'échapper que quelques raclements de gorge et une ou deux toux mal maitrisées.

Le prêtre ouvrit ses bras dans une posture christique et souhaita la bienvenue à toute l'assemblée. C'était un petit bonhomme rondelet, aux joues couperosées et aux doigts boudinés. Il ne lui manquait que la tonsure et on aurait parié qu'il officiait en tant que moine bénédictin dans un cloître tout proche.

J'étais sur le point d'assister à ma première messe depuis mes douze ans. Jamais je n'aurais imaginé remettre les pieds dans une église, fut-ce une chapelle minuscule perdue au milieu de nulle part.

Le révérend prononça quelques textes religieux, comme il se doit en pareille circonstance. Les deux tiers du public lui répondaient par de courtes sentences ponctuées de rares "amen". Cela ne dura que quelques minutes avant que, comme à la façon d'un soliste dans une chorale, il entonna un nouveau chant. Au deuxième vers, la foule reprit en chœur. Si la chapelle ne payait pas de mine, son acoustique était excellente, et bientôt je fus électrisé par l'émotion qui s'échappait d'une telle communion.

Quelqu'un toucha mon épaule. Je me retournai et un monsieur au chapeau melon et à la figure enjouée me tendit une simple feuille pliée en deux. D'un index noirci par la nicotine, il m'indiqua un poème en vers : les paroles du chant liturgique en cours. Je le remerciai d'un hochement de tête, et il me sourit d'une rangée de dents gâtées par le tabac. Je n'osais imaginer l'état de ses poumons... Je suivais les paroles des yeux sans me joindre au groupe, j'avais une voix de crécelle et aucune aptitude pour le chant.

Le curé enchaina par d'autres courts textes issus de l'ancien testament, puis il y eut à nouveau un chant. Il apparaissait également sur ma feuille de route. Emporté par l'union choriste qui émanait de cette assemblée, je me laissais à murmurer quelques strophes joliment tournées, je dois le reconnaitre, qui mettaient en avant la compassion, le pardon et l'amour de son prochain. Des bondieuseries une fois encore, mais l'union solennelle qui découlait de cette fusion de cordes vocales, en accord avec toutes les autres, dépassait la simple ode mystique. Il y avait quelque chose d'universel dans ces chants, et la manière dont ils étaient psalmodiés. Encore une nouvelle litanie et le prêtre s'avança vers ses disciples. Nous allions avoir droit à un sermon.

— Chers frères et sœurs, cette nuit de Noël est, chacun le sait, sinon chacun le sent, toute particulière, et pas seulement que pour les chrétiens. Je sais bien que parmi vous, peu accordent de leur temps et de leurs pensées à Dieu. C'est tout naturel, vous avez tous et toutes des vies bien remplies et grand bien vous fasse. Mais sachez toutefois, que dans chacune de vos actions, il se cache une motivation cachée. Certains l'appellent Dieu, d'autres la chance, la plupart n'y font même pas attention, mais chacun de vos choix vous engage vous-même, mais aussi une partie plus ou moins grande de vos proches. La plus petite action a des répercussions que l'on n'imagine même pas. Dans le bon comme dans le mauvais, le bien comme dans l'odieux. Un simple sourire, une main tendue peuvent aider bien au-delà de ce que l'on peut imaginer. D'un autre côté, le dédain et le mépris peuvent tout aussi bien faire d'immenses ravages. Le contraire de l'amour n'est pas la haine, c'est l'indifférence. A ce moment de l'année où tant de gens souffrent, il est commun de s'apitoyer sur ceux qui n'ont pas eu la chance, le courage, la volonté, l'envie, d'avoir la vie qu'ils souhaitaient. Peut-être se battent-ils becs et ongles contre un système qui n'accorde plus de place à l'humain. Peut-être ont-ils été désabusés par tant de refus, d'échecs et de déceptions. Mais sachez que, en chacun de nous, brûle une petite flamme. Nous autres, gens de religion, nous l'appelons l'âme, et cette petite flamme ne doit jamais s'éteindre. Et, comme toutes les flammes qui se consument ce soir dans cette petite chapelle où nous sommes tous réunis par un même idéal, elle est porteuse d'espoir, mais a besoin d'oxygène pour continuer à illuminer et réchauffer le cœur. Cet oxygène, c'est vous tous qui pouvez le procurer à vos semblables, amis proches ou personnes rencontrés au hasard de la vie. Je vous demande comme une prière, de bien vouloir penser fortement à une personne en particulier. Non seulement ce soir qui est, qui doit être une soirée de fête, mais bien chaque soir de votre vie. Cela peut être votre compagne ou votre mari, un vague parent que vous n'avez pas vu depuis des années, un collègue de travail que vous appréciez ou que, pour une raison ou une autre, vous méprisez. Il peut s'agir aussi d'une personne rencontrée au détour des aléas de l'existence. Quelqu'un qui vous aurait aidé ou à qui vous auriez prêté main forte. Simplement une inconnue croisée dans le métro ou un anonyme quelconque entrevu quelque part. Il n'y a sur terre aucun homme et aucune femme supérieure à son prochain. Vous pouvez avoir un penchant envers quelques-uns ou quelques-unes, des élans du cœur pour des personnes que vous admirez ou, à l'inverse, une répulsion envers d'autres. Personne ne peut aimer tout le monde, à part peut-être celui qui fut notre guide et encore, je n'en suis pas si sûr... Mais sachez que toute vie humaine en vaut une autre aux yeux de la Providence. Alors, je vous en prie, pensez à ma petite requête, cela vaut toutes les prières du monde, vous pouvez me croire. Pour conclure, car je ne vais pas vous imposer un trop long discours, je tenais moi aussi, en cette nuit divine, à avoir une pensée circonstanciée envers un être que je ne suis pas le seul à aimer de toute mon âme et de tout mon cœur.

Le curé ne fixa personne en particulier. Il entonna aussitôt quelques notes. C'était de l'anglais :

"Imagine there's no heaven It's easy if you try".

Je n'en revenais pas ! La chanson de Lennon, résolument anti-religieuse au possible. Pourtant, toutes les personnes présentes enchaînèrent de concert.

No hell below us
Above us only sky

Et, oubliant mon manque de disposition pour les chorales, je me joignais sans plus de retenue à cette communion générale, un accord entre toutes les personnes ici présentes, formant une chaine humaine aux ramifications entrelacées, mieux que la plus concise des étoffes. Une fois encore, mes a-priori avaient volé en éclats. Si l'habit ne fait pas le moine, la soutane n'explique pas davantage le curé.

Imagine all the people
Sharing all the world…

L'assemblée ne se contenta pas alors de sortir de la chapelle dans un recueillement approprié et une discipline adéquate, chacun étreignit son voisin le plus proche. Il y eut des effusions agrémentées d'amicales tapes dans le dos, des embrassades serrées et des enlacements mâtinés de douces caresses par-dessus les épais manteaux. Je n'avais jamais assisté à un service religieux de cet acabit. En réalité, c'était ma première messe de minuit, mais je doute qu'on en trouve de pareilles ailleurs.

Notre petit groupe se sépara comme à regret des autres participants, et nous regagnâmes le manoir par le même chemin, mais l'ambiance n'était plus du tout la même. Le recueillement qui feutrait les propos à l'aller, avait laissé place à une exubérance qui ne se montrait pas. Chacun semblait rayonner de l'intérieur. Un simple discours et un chapelet de chants avait soudé mieux que de profonds liens, une communauté qui partageait les mêmes valeurs. Je comprenais à présent le rôle fédérateur des lieux de culte, du moins, avant qu'ils ne soient galvaudés et parfois trahis par les jeux de pouvoirs et la toute puissance de l'argent.

Là, en cette nuit divine, j'avais vu une poignée d'hommes et de femmes s'unir en un seul mouvement, chantant de concert, partager les mêmes pensées vers un seul but : savoir mieux vivre ensemble. Peut-être que demain, la plupart auraient tout oublié, tout comme on néglige nos bonnes résolutions une fois devant le fait accompli. Mais, pendant cette petite heure, j'avais entrevu un monde parfait, non plus régi par la finance et le mépris, mais par cette petite chose, si fine qu'elle semble insaisissable, aussi fragile que les ailes délicates du papillon, tellement infime qu'elle peut s'échapper à tout moment lorsqu'on n'y prend pas garde, et pourtant si puissante qu'elle peut déplacer des montagnes : l'amour.

Si le cœur et l'esprit de tous avaient changé après cette communion dans ce lieu exigu, les éléments semblaient eux aussi avoir été profondément modifiés. Il ne faisait plus si froid, le petit vent mordant de l'aller avait laissé place à une douce brise qui emportait de minuscules nuages dans le ciel de ténèbres. De larges et rares flocons virevoltaient dans la nuit avant de rejoindre leurs frères tombés à terre, blanchissant le sol d'une nappe immaculée. Cette neige était si légère qu'elle ne semblait pas contenir la moindre goutte d'eau. A la voir tomber dans d'étranges circonvolutions, on s'imaginait qu'elle ne fondrait jamais, le printemps venu. Cette modification météorologique fut accueillie par des cris et des exclamations de joie.

Ce Noël était parfait jusqu'à présent, aucune fausse note. Il ne restait plus qu'à ouvrir les cadeaux.

Lorsque j'étais enfant, je devais attendre le matin du 25 décembre pour me ruer sous le sapin familial. C'était le jour de l'année où j'avais les yeux ouverts avant que quelques froissements ou d'infimes bruits ne trahissent le lever de mes parents. Je restais là, allongé dans mon petit lit, les yeux grands ouverts dans l'obscurité de ma chambre, attendant qu'il soit l'heure de courir arracher les jolis papiers cadeaux qui emballaient les jouets tant convoités. Je n'avais plus peur du noir ce matin-là.

Je savais bien que rien ne pourrait arriver de désagréable. Tout ne pouvait être que fête et rires en cette journée.

Ici, le rituel commandait que l'on décachette les présents au retour de la messe de minuit, tandis que de bonnes portions de bûche pâtissière attendaient d'être dégustées, accompagnées du meilleur champagne. Discrètement, je chuchotais à Blandine que je n'avais pas pensé à apporter de cadeaux.

— Cela ne fait rien. Vous ne pouviez pas savoir... Du reste, il me semble que vous avez un petit paquet.

Elle s'avança vers l'arbre décoré où déjà les invités se partageaient des petits colis joliment enveloppés.

— Tenez, fit-elle en me tendant une boite allongée. Je crois bien que c'est votre nom, là, n'est-ce pas ?

En effet, superbement calligraphié sur une étiquette, s'étalait mon nom étrangement intitulé : Arnaud P. On avait savamment gommé tout patronyme pour n'en garder que le prénom dans cette ambiance intime et familiale qui était le lot de cette soirée.

Tandis qu'autour de moi, tous s'affairaient à découvrir leurs surprises, je repensais aux propos de Blandine qui regrettait le manque d'enfants en ce moment précis. Les étonnements et les ravissements des adultes qui ouvraient ainsi leurs cadeaux n'avaient pas l'innocence et la candeur des exclamations enfantines, il manquait les rires cristallins et un tapage espiègle et malicieux.

Je développais méticuleusement mon présent tandis que Blandine arborait une magnifique écharpe Dior aux tons chatoyants, sa fille se faisait expliquer le fonctionnement d'un petit objet pas plus grand qu'une télécommande et avec lequel on pouvait soit disant, téléphoner de n'importe quel endroit. Mes voisins de table s'extasiaient devant ici un superbe livre sur un musée prestigieux, là une paire de jumelles ou encore quelque statuette antique. C'était parfois un simple compact disc, mais dont la rareté mettait en joie son possesseur, un parfum de marque qui ravissait cette dame avec laquelle j'avais échangé quelques mots sur la conquête de l'espace, une montre pour ce vieux monsieur qui laissa échapper une vraie larme d'enchantement.

Il y eut des petites estampes chinoises pour l'avocat, une magnifique sculpture africaine pour la compagne du journaliste, un vase de cristal aux motifs lumineux que brandissait comme un trophée l'ethnologue, un joli chapeau que la vieille dame essayait sous toutes ses coutures. Le banquier reçut une édition rare d'un volume d'Alexandre Dumas, le publicitaire se délecta d'une parure dans les tons bordeaux et acajou, la jolie jeune femme dont j'avais oublié à la fois la fonction et sa place dans ce tissu amical et familial, gloussa comme une gamine en brandissant un joli bracelet, une grande perche qui tenait une galerie d'art à Bruxelles, examina une bouteille de Whisky largement aussi âgée qu'elle, ne comprenant pas l'allusion tandis qu'un vague oncle qui oeuvrait dans l'humanitaire, contemplait sans comprendre un éventail espagnol, ils avaient dû intervertir leurs cadeaux.

Le mari de Blandine dépliait un superbe portefeuille en velours retourné. Une lueur d'enfance enfouie illuminait son regard et je m'apercevais, ému comme devant un arc-en-ciel ou un magnifique coucher de soleil, que tous les convives étaient redevenus les enfants qui faisaient défaut à cette assemblée, cette nuit-là. Après demain, ces grands pontes reprendraient leurs activités dans leur domaine respectif, ils seraient respectés, craints peut-être, ils pèseraient sur la marche du monde… Mais ce soir, ils n'étaient que des bambins aux yeux étincelants de candeur.

C'est l'important directeur d'une chaine de magasins de sport qui raconta le premier, le souvenir du plus beau cadeau qu'il n'ait jamais reçu un soir de Noël : Sa femme lui avait annoncé d'une manière toute originale qu'il allait devenir père pour la première fois de sa vie. Il avait déballé un joli poupon avec ce simple mot accroché à son cou *"pour t'entrainer à en pouponner un bien réel"*.

L'épouse du banquier confia que son mari lui avait fait sa demande en mariage un soir de Noël, l'ethnologue se souvint de la découverte d'ossements parfaitement conservés d'un de nos lointains ancêtres, un 24 décembre. Le publicitaire évoqua un coupé Ferrari, le journaliste relata un voyage autour du monde, alors qu'un petit homme dont j'avais oublié les fonctions, se souvenait d'un voyage dans l'espace. L'oncle se rappela une nuit particulièrement agitée lorsqu'il avait vingt ans, une dame à l'âge avancé se souvint d'une ascension du Mont Blanc la veille de Noël d'une année qu'elle refusa tout net de préciser, un autre parla de la parution de son premier roman, une autre d'une croisière en Polynésie, tandis que la propre fille de Blandine proclamait avec assurance que son plus beau cadeau, elle le recevrait dans l'avenir.

Tout le monde applaudit à cet élan de sagesse.

L'adolescente se tourna vers son arrière-grand-père et, avec beaucoup de tendresse dans la voix, lui demanda :

— Et toi, grand-père, c'est quoi le plus beau cadeau que tu aies jamais reçu ?

Je remarquai à cet instant un regard de connivence entre Blandine et son mari, et quelques hochements de tête significatifs dans notre groupe.

Joseph s'avança de quelques pas. Il fouilla dans une poche intérieur de sa redingote, en exhiba une lettre qui ne devait pas dater d'hier ! Le papier était jauni, rongé aux pliures. Il le déplia avec la plus grande précaution. Il s'agissait d'une simple lettre.

Il se racla la gorge et entreprit le récit le plus extraordinaire que j'ai jamais entendu de ma vie.

— Je devais avoir neuf ans. La Grande Guerre comme nous l'appelions alors, s'enlisait dans les tranchées Ardennaises. Mon parrain, qui était également mon frère ainé, avait été mobilisé dès l'automne 1914. Il allait passer son troisième hiver dans la boue et le gel, ce qui n'est pas incompatible, je vous prie de le croire. Il nous écrivait aussi régulièrement que l'acheminement du courrier pouvait le permettre. Du temps, il en avait... Passé les premiers mois d'effervescence toute militaire, il était maintenant souvent question d'ennui, un désoeuvrement qu'induisait une attente prolongée dans ces tombeaux ouverts. L'abattement régnait en maitre parmi les poilus, c'était le marasme complet.

Ses lettres contenaient parfois un demi-feuillet adressé personnellement à son filleul. Je gardais ces trésors comme des œuvres d'art. J'avais toujours été plus proche de lui que de mes autres frères, ainsi que mes deux sœurs, plus jeunes que moi. Je les considérais, elles, comme des êtres curieux avec lesquels je n'avais aucun point en commun et qui n'avaient pas la même façon de vivre que moi. Comme si elles ne faisaient pas vraiment partie de la famille, pire, comme si elles appartenaient à une autre espèce, indéchiffrable. Elles faisaient des manières pour un rien, et gare à mes fesses si je leur manquais de respect. Elles bénéficiaient de la toute puissante protection maternelle et paternelle et nous n'avions que le droit de nous laisser tirer les cheveux par leurs caprices. De mes quatre autres frères, tous plus âgés que moi, je redoutais la force et le commandement. Lorsque Fernand était encore à la ferme, il me protégeait, il prenait ma défense, mais maintenant qu'il devait servir la patrie, j'étais pris en étau entre devoir me défendre seul contre une fratrie qui profitait de son absence pour m'en faire voir, et ne pas toucher à un seul cheveu de mes garces de sœurettes. Bien entendu, mes garnements d'ainés faisaient passer des moments difficiles à mes benjamines pour m'accuser ensuite d'en être l'auteur. Même l'incorporation en 1916 de Gabriel, le second, ne changea rien à l'affaire.

Avec Fernand, j'étais en sécurité. Il était toujours de mon côté et m'apprenait quantité de choses. Comment faire un sifflet avec quelques feuilles de plantes sauvages, comment grignoter quelques racines bien sucrées prélevées en forêt, comment poser collets et autres pièges pour attraper la colombe ou le lapin. Il m'enseignait tout ce qu'un petit paysan doit savoir. Je l'accompagnais à la rivière où, sous le fallacieux prétexte de prendre un bain, il s'arrangeait pour braconner quelques truites que nous dégustions tous autour de la large table. Tous étaient fiers de lui. C'était un modèle pour ses frères et il avait toujours eu l'estime des parents. Son départ à la fin de l'été 1914 fut un déchirement. Toute la maisonnée attendait impatiemment ses courtes lettres, magnifiquement rédigées. Sa condition de paysan, futur héritier du maigre domaine, ne l'avait pas empêché d'obtenir son certificat d'études. Il était même sorti premier du canton et, de fait, pouvait bénéficier d'une bourse pour partir au collège, dans la grande ville. Mais le père avait argué que pour cultiver la terre, il n'est point besoin d'en savoir de trop, et que les bras vigoureux de Fernand manqueraient à la ferme s'il partait pour la cité. Fernand ne deviendrait jamais un Monsieur. Sa voie était toute tracée : il serait paysan comme son père l'avait été après son grand-père et ce, de génération en génération. Peut-être même, qu'à force de travail et de ténacité, il agrandirait le domaine que le grand-père avait réussi à arracher, il y a un quart de siècle, à une vie de métayer et que le père avait fait fructifier. Cette modeste ferme, ces quinze hectares de bonne terre et de tendres pâturages, ce sobre troupeau d'une demi-douzaine de bonnes laitières, ces arpents gagnés sur la forêt envahissante, c'était la fierté de la famille. Fernand recevrait cet héritage comme on traine un boulet. Bien souvent, avant de s'endormir, il m'avait parlé des contrées lointaines qu'il rêvait d'explorer. Il me parlait de la pampa Chilienne, des grands déserts du Mexique, de la jungle de Bornéo, des steppes Mongoles, du froid Sibérien, du néant de la banquise, des canyons de l'ouest Américain, de la touffeur des grandes forêts primaires du Congo, des plaines majestueuses de la vallée du Nil, de l'immensité vertigineuse de l'Himalaya. Il me faisait rêver en me racontant des histoires tout droit sorties des contes des mille et une nuits, des expéditions maritimes dans l'immensité du pacifique, de ces iles lointaines dont seul le nom fait déjà rêver.

Je l'écoutais religieusement. D'où sortait-il toute cette science ? Je savais que Monsieur Calvet, son instituteur, qui avait tenté sans effet de gagner le père à sa cause en ce qui concerne des études plus poussées, lui prêtait encore des livres de science, des romans d'aventures, des récits d'expéditions. Il n'hésitait pas à lui soumettre devinettes et problèmes d'algèbre. Alors Fernand, plissant son haut front, se concentrait et il n'y avait que peu d'énigmes qui pouvaient lui résister. Monsieur Calvet le toisait de toute sa hauteur, les poignets sur les reins, le dos cambré dans une attitude de grande observation d'un phénomène rare et murmurait dans un soupir : *"Si c'est pas malheureux, tant d'intelligence pour ne s'occuper que des poules et de quelques vaches !".* La science de Fernand lui avait permis de contourner la sévère censure qui ne laissait passer aucun renseignement dans le courrier qui provenait du front. Les soldats ne devaient pas mentionner un seul mot sur leurs positions, leur moral et l'avancée (ou le recul) des troupes. On avait mis au point un système de jeux de mots qui aidaient à la compréhension sans que la censure, qui ne voyait jamais midi à quatorze heures, ne se rende compte du subterfuge. Ainsi, lorsque Fernand nous racontait, à brûle-pourpoint, qu'il avait cassé sa timbale et qu'il avait dû, pendant deux mois, boire dans le *"verre d'un"* de ses camarades, nous avions tous compris qu'il avait séjourné un temps dans cet enfer de Verdun. Par amitié pour Fernand, Monsieur Calvet nous avait cédé une carte détaillée de tout le nord-est du pays, censée nous faire réviser notre géographie, mais qui permettait surtout de noter la progression, ou maintenant plus souvent, la stagnation de notre ainé.

Nous étions au cœur de l'hiver 1917. Un jour de janvier que le gel avait rendu magnifique en pétrifiant cette nature revêche, accrochant de jolies guirlandes aux branches nues des chênes et des hêtres, fixant les gouttelettes comme autant de perles sur les plantes qui traversaient cet hiver bien rude, Eugène le facteur, fit crisser les freins de son antique vélo dans la cour de la ferme. D'énormes nuages de buée s'échappèrent de sa bouche lorsqu'il émit quelques considérations météorologiques à Raymond, mon deuxième frère, qui était seul dehors à cet instant. Le courrier ne contenait ce matin-là, que deux lettres. Une vague parente du Limousin nous informait du décès d'un lointain cousin et une enveloppe bleu ciel, reconnaissable entre toutes, indiquait que Fernand avait des choses à nous dire.

Joseph interrompit son récit à cet instant et, regardant intensément le mince feuillet qu'il tenait toujours à la main, il laissa échapper ces propos, davantage pour lui qu'à l'intention des invités :

— Cette lettre, je l'ai toujours... Je la porte constamment sur moi. Elle me porte chance en quelque sorte. Je la connais par cœur : *"Joseph, mon cher filleul. Quelques mots d'encouragement qui devront te réchauffer en cet hiver glacial. Le printemps ne va pas tarder, on annonce son arrivée précocement cette année. Tu salueras les frérots pour moi. Je sais qu'ils sont parfois pénibles mais, au fond d'eux, ils valent de l'or. Il suffit d'être patient. Tout s'arrangera, tu verras et tu seras alors surpris de la complicité qui pourra exister alors. Tu dois, plus que jamais, obéir à père et mère et faire preuve de respect envers tes sœurs. Ces années ont pu désorganiser quelque peu le travail, mais un jour viendra, je te le promets, où régnera à nouveau la paix à la ferme".*

Bien sûr, c'est en me parlant de la vie à la ferme et en me faisant ces recommandations qu'il me parlait de lui. L'encouragement, c'est nous qui devions lui procurer, par nos pensées et nos lettres. Le printemps en question était la probable fin de la guerre. Tous les conflits s'achèvent un jour ou l'autre. La fratrie évoquée n'était autre que les troupes ennemies dont il avait l'intelligence de reconnaitre que les soldats, qu'ils soient français ou allemands, étaient tous traités à la même enseigne. Une fois la paix signée, on pourrait fraterniser.

Joseph déposa son plus beau cadeau de Noël sur la table où ne subsistait plus aucun atome de la superbe bûche.

Quelqu'un dans l'assistance posa ingénument une question d'ordre pratique.

— Quel était le rapport entre cette lettre reçue en janvier et Noël ?

— J'y viens, j'y viens... Je dois avouer que j'ai légèrement travesti la réalité pour ajouter un peu de piment à mon récit. En réalité, ce jour glacé de janvier, il y avait bien eu deux lettres. Elles annonçaient toutes les deux une disparition. Celle de la parente de Touraine ne nous affectait guère, mais la lettre officielle tamponnée par les armées portait un liseré menaçant. On nous rapportait dans des termes administratifs que Fernand, enfant de la patrie, mon parrain vénéré, avait donné sa vie pour elle. Je maudissais cette soit disant patrie, au nom de laquelle toute la jeunesse vigoureuse du pays disparaissait dans des tranchées boueuses, à des lieues de chez eux. Je nous revois encore tous, avachis par la terrible nouvelle. C'était comme si, à des centaines de kilomètres du front, nous étions abattus dans cette pauvre ferme qui pleurait maintenant son plus bel enfant.

Il stoppa à nouveau, ravi de son effet. Tous les invités étaient pendus à ses phrases.

Un silence de banquise régnait en maitre dans le salon. Le grand-père poursuivit, et ce fut la plus incroyable des histoires que j'ai jamais entendues.

— Cette lettre porte-bonheur, je ne l'ai reçue que l'avant-veille de Noël 1918. Un bon mois après que l'armistice fut signé. L'enveloppe portait un tampon allemand et celui, bien visible, couleur rouge sang, de la censure française.

Joseph se racla à nouveau la gorge. Quatre-vingts ans s'étaient écoulés et son émotion était encore intacte. Il continua :

— Lorsqu'il fut fauché par une rafale, au cœur de l'hiver 1917, Fernand portait sur lui ce demi-feuillet à mon intention qu'il pensait joindre à une lettre aux parents, qu'il n'avait pas encore formulée. Il avait fait partie d'un assaut sanglant contre une ligne ennemie qui n'en finissait pas de bouger. Ainsi, les troupes françaises se retrouvaient dans les tranchées allemandes à la faveur d'une avancée puis, ces dernières reprenaient les casemates françaises quelques jours plus tard. Cet étrange ballet dura tant que dura le début de l'hiver.

A la mi-janvier, en ce jour funeste entre tous, il arriva que Fernand tomba au-delà des lignes mouvantes. Un soldat allemand dont la vareuse s'était méchamment déchirée sur des barbelés, trouva cette occasion unique de bénéficier à nouveau d'un peu de chaleur. Il enfila la pèlerine de Fernand. Elle lui allait comme un gant. Il n'eut pas le loisir d'inventorier les poches à la recherche d'un peu de tabac, pris dans la tourmente du feu soutenu. Il finit par trouver cette lettre dans une poche intérieure, mais il était trop tard pour la rendre à son propriétaire. Heureusement, Fernand avait déjà indiqué l'adresse de la ferme sur l'enveloppe bleue, sans ça, cette lettre ne serait pas devant vos yeux en cette nuit de Noël.

Insensiblement, l'assemblée s'était détendue. Certains avaient allumé des cigarettes, d'autres s'étaient servis un verre de champagne. Il y eu des toux, mais l'attention ne se relâchait pas pour autant. Joseph était lancé, rien ne pourrait l'arrêter dorénavant.

— Sans penser à mal, le soldat allemand posta donc la lettre. Il savait suffisamment de français pour comprendre l'importance que cette lettre pouvait avoir sur un jeune frère.

Bien évidemment, la censure allemande ne laissa pas passer le document. Nous étions au début 1917 et la guerre reprenait avec plus de force et de rage. On lui doit ne n'avoir pas été jetée à la poubelle grâce au sentimentalisme exacerbé d'un fonctionnaire, adepte de Goethe. Il l'archiva comme prise de guerre. La lettre, bien protégée par son enveloppe bleue, dormit parmi des paperasses pendant toute l'année. Au printemps 1918, le personnel changea et les archives furent déménagées. Il advint que, pendant cette confusion due à la précipitation, un casier contenant des documents administratifs fut égaré. Deux jeunes garçons qui revenaient de l'école trouvèrent ce casier éventré sur le bord du chemin. Ils inventorièrent son contenu. Il n'y avait que des paperasses administratives où ils n'y entendaient rien, et cette lettre rédigée en français. Dans leurs jeux, les deux garnements, aimaient bien se prendre pour des espions, l'un jouant le rôle d'un américain qu'on prétendait déjà en passe de gagner cette foutue guerre, et l'autre se glissait dans la peau d'un tout neuf bolchévique. Il n'en fallait pas plus que quelques phrases incompréhensibles à leur pratique des langues étrangères, pour éveiller leur intérêt. Ils gardèrent donc la précieuse lettre.

Le front n'était plus qu'à quelques lieues de là et on entendait par moment, le grondement des obus qui explosaient dans la campagne toute proche. Les deux garçons pressèrent le pas, mais pas suffisamment. Ils se réfugièrent sous un porche lorsque la mitraille se rapprocha. Malheureusement, tout un pan de mur, fragilisé par les récents affrontements, s'écroula et fit s'affaisser le porche. Or, il s'avéra que le plus âgé des deux, celui qui portait ce jour-là la lettre sur lui, fut miraculeusement épargné par l'éboulement. Il en conçut pour la lettre une sorte de porte-bonheur. Il la garda précieusement avec lui pendant toute l'année 1918, et il faut reconnaitre que plus d'une fois, elle lui sauva la vie dans cette débâcle annoncée de l'armée allemande. Cependant, malgré toute l'attention qui lui portait, il arriva que lors d'une simple bagarre entre garnements du quartier, la lettre tomba dans les mains de l'administration policière. L'adresse était toujours bien apparente et l'officier de police désigné était une personne intègre. Après avoir vertement tancé les jeunes gens, leur rappelant que le conflit avait suffisamment blessé l'Allemagne pendant ces dernières années, pour ne pas penser à se battre comme des chiffonniers entre compatriotes, il entreprit de faire acheminer le courrier vers au-delà des lignes ennemies. Bien entendu, lorsque l'état-major français vit cette lettre, innocente en apparence, débouler entre ses mains, elle ne l'entendit pas de cette oreille. On allait dépêcher d'ici peu, deux agents vers cette paisible ferme de la France profonde qui fricotait ainsi avec l'ennemi par temps de guerre. L'inertie de l'administration militaire qui n'a rien à envier à son régime civil, permit que les envoyés spéciaux ne fussent pas en route avant que l'armistice ne fut signé. La lettre, étant passée de main en main durant toute cette ultime année de guerre, puisque maintenant la guerre était officiellement terminée, fut simplement renvoyée à son destinataire original. C'est-à-dire mon humble personne. Eugène, qui avait succombé à un arrêt cardiaque pendant l'été passé, avait été remplacé par un jeune godelureau qui ne me plaisait guère… jusqu'à ce jour où il m'apporta mon plus beau cadeau de Noël. Nous étions le 24 décembre 1918.

L'assistance manqua de peu d'applaudir. On respira enfin. Cette histoire avait enjoué tous les invités et on pensait déjà passer à autre chose lorsque Joseph, en élevant un peu la voix, annonça que ce n'était pas fini.

— Vous n'imaginez pas mon bonheur lorsque je reçus cette lettre, quasiment deux ans après la mort officielle de mon parrain. Pour moi, c'était comme s'il vivait encore. Durant ce Noël-là, régna dans la pièce principale de la fermette une ambiance réellement joyeuse. Afin d'arrondir les fins de mois, mère exécutait des petits travaux de couture pour le châtelain du coin et quelques femmes de notables qui allaient s'habiller à Paris. Depuis la Toussaint, je voyais défiler dans cette ferme, toute l'élégance des parisiennes. Les étoffes semblaient si fines, leurs couleurs harmonieuses, leur texture faite de fils de fées. Depuis le coin où je passais ces longues soirées d'hiver à gribouiller des rectos de pages de journal qu'on m'autorisait à noircir un peu plus, je l'observais avec envie et une certaine pointe de jalousie. Je m'imaginais en train de repriser ces robes sublimes, leur soierie glissant sur mes doigts, de coudre des ourlets à ces apparats de princesses, manipuler délicatement ces étoffes de rêve...

Le soir même où j'avais reçu cette lettre d'outre-tombe, comme nous étions seuls en attendant le retour des garçons et du père, partis récolter quelques glands pour offrir en guise de réveillon à notre cochon, les sœurettes trop obnubilées par un jeu de leur invention, pour remarquer quoi que ce soit, je m'aventurais à lui demander une faveur : Qu'elle porte une de ces robes pour le soir de Noël. Mère me regarda avec stupéfaction. Elle me traita de grand fou, que cela n'était pas un jeu, que c'était son gagne-pain, et qu'une telle idée ne lui serait jamais venue en tête. Mais je voyais bien, au fil des minutes qui s'écoulaient, que cette requête, cette folie, autant saugrenue et extravagante qu'elle fut à ses yeux, faisait son chemin dans son esprit. Elle ne dit rien de plus et nous allâmes nous coucher sans évoquer cette bagatelle.

Le lendemain, 24 décembre, se déroula comme à l'ordinaire, dans une ferme où tous les jours se ressemblent. Mais le soir, notre mère s'éclipsa une fois le repas préparé : quelques galettes du meilleur blé, l'oie de la basse-cour qui me terrifiait lorsqu'elle tendait son long cou vers mes tendres mollets, sacrifiée le matin même à mon grand contentement et cuisinée à la perfection. Elle y avait joint une poignée de cèpes qu'un de mes frères avait pu récolter la semaine passée, et qui agrémentait merveilleusement les châtaignes traditionnelles de chaque Noël.

Je n'osais espérer la voir redescendre, habillée comme une dame de Paris. Et pourtant…

C'est bien ce qui se passa, au grand étonnement de toute ma fratrie. Père resta muet quelques minutes, contemplant cette Lady en qui il ne reconnaissait plus sa femme. Les petites sœurs applaudissaient en chantant *"maman est une fée en ce soir de Noël !"*. Nous étions tous abasourdis par l'audace de mère. En mon for intérieur, j'exultais. Comment avais-je pu la convaincre ? Je n'avais pas plus insisté lorsqu'elle m'avait gentiment grondé d'avoir eu de pareilles idées. Je ne le savais pas encore, mais cette lettre de mon parrain, glissée dans ma poche, m'avait porté bonheur pour la première fois de ma vie. Cela n'allait pas être la dernière...

Joseph se tut. Tout le monde attendait, visiblement suspendus à cette histoire sans pareille, comme le gardon est épinglé par l'hameçon. Il semblait ordonner les faits à relater, comme s'il organisait les chapitres de son histoire avant de nous les produire.

— Je savais, depuis tout gamin, que je n'étais pas fait pour les travaux de la ferme. Mes frères s'y entendaient mieux que moi dans le soin porté aux bêtes, à retourner le fourrage, à labourer cette terre ingrate, à user de leurs muscles déjà parfaitement formés, alors qu'ils n'étaient pas encore des hommes. Les quolibets qu'ils me servaient à longueur d'année, les railleries dont j'étais quotidiennement l'objet, avaient toujours pour sujet mon manque d'entrain aux travaux fermiers et ma frêle constitution. Ils me traitaient souvent de fillette, et je crois bien qu'ils me considéraient comme l'ainée des deux sœurs. Ils n'avaient pas tort en un sens. Même si je n'étais pas doué pour les études, il m'arrivait souvent de griffonner ces pages de journaux usées, d'imaginer des contes et des fables. J'avais le goût des belles choses, ce qui, au fin fond de cette province rurale, n'était sacrément pas un atout. Mes heures de gloire avaient eu lieu pendant l'hiver où l'on me demanda assez tôt de bien vouloir raconter une histoire lors des veillées entre voisins. Outre mon imagination débordante lorsqu'il s'agissait d'inventer des trames rocambolesques où des chevaliers bataillaient pour conquérir le cœur de princesses au cœur d'or, où des hordes de pirates écumaient les mers du sud en quête de trésors enfouis dans les cales de navires marchands, ou encore quelques histoires pseudo-religieuses qui mettaient en scène des pèlerins égarés et leurs guides, éclairés par une foi invincible, je savais moduler ma voix pour souligner les épisodes cruciaux, laissant de larges temps morts et ménageant de longues pauses, afin de distiller un suspens haletant. Je n'avais pas mon pareil pour décorer l'arbre de Noël. Souvent, mère qui m'avait pris en affection, me soufflait que ma place semblait être davantage dans les salons parisiens qu'au milieu de la boue des champs.

Un soir, je devais avoir quatorze ans à peine, elle s'approcha de mes gribouillis dans un coin de la page "funérailles" du journal et me demanda de lui montrer ce que je dessinais. Ma frêle constitution m'épargnait le gros des travaux du dehors, et il n'était pas rare que j'aidasse ma mère dans le ménage et la préparation des repas. Mes frères me gratifiaient de jolis compliments, mettant toujours en avant mon côté femme au foyer. Je lui montrais mes barbouillages. Il s'agissait de robes, de manteaux, de corsages, de chapeaux, bref, toute une galerie de mode que les retouches de mère m'avaient inspirées. Elle contempla mes esquisses et me dit dans un murmure, comme un secret :

– Tu sembles doué... Mais pas un mot à ton père, ni à tes brutes de frères.

La semaine suivante, nous étions encore en février, et une fois de plus, nous nous retrouvions ensemble dans l'unique pièce du rez-de-chaussée. Elle ouvrit un tiroir dont elle tira quelques belles feuilles d'une blancheur inouïe à mes yeux, trop habitués à n'utiliser que de journaux salis de caractères d'imprimerie. Elle fut solennelle :

– Prends bien soin de ces pages qu'une dame importante a eu la bonté de m'offrir. Applique-toi, et couche sur ces papiers tes meilleures inventions.

Chaque soir, je crayonnais un modèle de mon invention et elle gardait précieusement mes esquisses dans un tiroir d'où elle me tendait toujours de nouvelles feuilles vierges. Très vite, j'avais constitué un véritable carnet. Il était convenu que, chaque jour de marché où mon père et mes frères partaient à la ville écouler notre maigre production, ils se chargeraient pendant ces mois d'hiver, d'emporter les retouches effectuées et de ramener de nouvelles étoffes à reprendre. Un jeudi matin de mars, tandis qu'une pluie fine assombrissait un matin glacial, ils livrèrent à leur insu, mes griffonnages dans la malle qui contenait une demi-douzaine de robes de soirées que mère avait passé deux bonnes semaines à repriser. La semaine suivante, la livraison contenait un petit billet, écrit de la main que j'imaginais douce et délicate de Madame de Tourville, la châtelaine du village. Mère lut le mot, puis un large sourire vint illuminer son visage. Elle me tendit les quelques lignes d'une écriture si élégante que même monsieur Calvet, notre instituteur, ne pouvait égaler en ronds et déliés. Il était ainsi tourné : *"Auriez-vous l'amabilité de m'envoyer votre garçon jeudi en huit, accompagnant ces quelques tissus à remodeler selon vos aptitudes"*.

Pendant toute la semaine, je me figurais pénétrer dans un salon luxueux comme on pouvait en voir parfois, photographié dans les revues de mode, où les belles posaient dans des tenues superbes et un cadre de rêve. Une jeune et jolie femme m'accueillerait comme un gentleman, elle m'autoriserait à lui baiser la main. Je l'imaginais déjà portant des hauts talons, laissant deviner une cheville des plus fines. Elle arborerait une robe déstructurée dans les tons les plus doux, découvrant des épaules légèrement hâlées par un régulier séjour sur la Côte d'Azur.

Peut-être aurait-elle laissé ses blonds cheveux s'échapper d'un chignon savamment conçu, et les rares mèches iraient mourir sur une nuque délicate. Elle me sourirait et n'aurait pas cette condescendance qu'ont souvent les adultes pour les enfants et pour ceux qui n'ont rien. Puis, je serais surement introduit dans un petit salon où les tentures rehausseraient un lieu dédié à l'art et à la mode. Des tableaux de maitres, des statues grecques, des ornements divers et variés. Une véritable caverne d'Ali Baba… Durant toute une semaine, je m'endormis avec ces rêves de luxe et de splendeur en tête, et je plongeais sans retenue dans des rêves fantasmagoriques. Enfin, le jeudi tant espéré arriva et j'étais le premier levé. Mère s'amusa de mon impatience et me recommanda encore une fois, de faire preuve de la politesse la plus obligeante, et de soigner mes manières lorsque je serais reçu au manoir.

Père fut moins enthousiaste et ironisa sur le fait qu'on ne me ferait surement pas entrer dans le château, je n'aurais tout au plus, droit qu'aux dépendances du service. Je suivis donc mes frères et mon père vers la grande ville, le cœur battant. Arrivés au champ de foire, je demandais où se trouvait le manoir et père, dans un grand rire, m'annonça que les gens de la haute ne s'éveillent pas avec les poules.

– On te laissera sur le chemin du retour.

Je dus patienter toute la durée de la foire qui n'en finissait pas. Il devait bien être sur le coup de onze heures lorsque notre petit comité s'en retourna vers la ferme. On prit un chemin de cailloux pour sortir de la ville, puis on longea une grande route où quelques voitures nous enveloppaient d'un nuage de poussière lorsque nous les croisions. Je pensais à mon beau costume, revêtu spécialement pour l'occasion. C'était celui de mon frère Armand, de quatre ans mon ainé et qui dorénavant, faisait à peu près ma taille. Nous parvînmes à un embranchement de chemins et de routes. Père brossa grossièrement mon habit et m'indiqua une longue allée de terre battue où un filet d'herbe demeurait en son centre. Eux allaient rentrer par une étroite route en partie goudronnée qu'il me faudrait suivre pour regagner le pré du lavoir, situé juste en bas de la ferme. Je ne pouvais pas me perdre. Je m'avançais, seul, sur cette grande allée bordée de tilleuls majestueux. Avant même d'entrer dans cette demeure de rois et de princes, le décor était à la mesure de ces lieux insensés. Je fis un bon kilomètre avant de discerner une façade majestueuse qui se laissait deviner au travers du feuillage. Une cour gravillonnée entourait un parterre de fleurs, au centre duquel glougloutait une petite fontaine qui se répandait dans un bassin où nageaient quelques nénuphars. Je ralentis instinctivement, à la fois pour admirer la beauté du cadre et, essentiellement parce qu'une soudaine timidité m'avait envahi. Je n'en menais pas large lorsque, ayant gravi la demi-douzaine de marches menant au perron, j'agitais un cordon qui pendait à droite de l'imposante porte d'entrée. Mère m'avait expliqué comment procéder : tirer le cordon qui commandait une cloche à l'intérieur, patienter qu'un domestique veuille m'ouvrir et m'exprimer clairement en peu de mots. Ce que je fis, le cœur bondissant.

– J'ai rendez-vous avec Madame la Baronne de Fontenoy. J'espère ne pas être trop en retard ?

Un vieux monsieur à la livrée impeccable me toisa et sans me répondre le moins du monde, me fit signe de le suivre.

Nous pénétrâmes dans un vaste hall qui aurait pu contenir toute notre pauvre ferme et, m'indiquant d'une main gantée un vestibule situé à gauche, me dit cérémonieusement :

– Si Monsieur veut bien se donner la peine de patienter un instant, je préviens Madame.

J'exultais ! On m'avait donné du *"Monsieur"*. Un domestique qui avait certainement cinq fois mon âge m'avait considéré comme un gentleman de la meilleure société. J'étais déjà fasciné par cet autre monde qui existait à deux pas du nôtre, mais qui se situait tellement loin de nos habitudes et de nos manières. J'attendis dans ce petit réduit à l'ameublement spartiate. Point de salon précieusement décoré, juste un vase posé sur un guéridon et une paire de rideaux. Je levais les yeux au plafond qu'aucun lustre n'ornait de ses mille feux et pas plus haut que notre grenier. J'entendis un froufroutement se rapprocher. Une seconde plus tard, une vieille dame toute fripée fit son entrée. Surement une tante de la baronne qui venait pour m'accompagner dans les étages somptueux que je connaissais déjà par cœur, les ayant rêvés pendant toute une semaine. Elle eut à peine un sourire en me voyant.

– Alors, voilà notre petit prodige...

Elle me toisa des pieds à la tête, me déshabillant comme on écorche un lapin.

– Suis-moi, mon garçon.

Du vouvoiement domestique, on était passé au tutoiement plus paternaliste que familier. Je suivis la petite vieille sans me douter le moins du monde que la baronne, c'était elle.
Nous avons traversé le grand hall richement décoré, mais l'allure imposée par l'ancêtre ne me permis pas de détailler tout le luxe rêvé, que j'avais maintenant sous les yeux. Je remarquai juste le double escalier qui menait aux étages... que nous ignorions superbement. A la place de salons moelleux et d'antichambres cossues, elle me fit pénétrer dans une pièce lugubre où une large table toute simple était le seul meuble.

– Voyons voir ce que vous nous avez apporté.

Je ne posais pas de questions et je dépliais mes croquis. J'avais déjà fait intérieurement le deuil de la belle jeune femme blonde et je me contentais de cette vieille femme, tout comme j'imaginais ne rien pouvoir visiter des splendeurs de ce manoir. Après tout, j'étais là pour mes compositions, rien de plus. Un homme maniéré fit son entrée et vint se courber devant la mémère en lui faisant un ostensible baise-main.

  – Madame la Baronne…
  – Ah, Ernest ! Venez voir ces merveilles...

Ainsi donc, c'était elle la baronne... L'apparition dont j'avais rêvé pendant sept nuits n'était que cette peau flasque et ces cheveux mal teints. Découragé, je les regardais faire le tri dans mes œuvres qui valsaient sous le regard impitoyable de ces deux connaisseurs en matière de mode. Elle avait écarté plusieurs croquis qui, à ses yeux, ne valaient pas d'allumer un feu de cheminée. En revanche, quatre ou cinq esquisses avaient retenu son attention.

  – Ceux-ci sont vraiment intéressants, me fit-elle. Je suis sûre que Mademoiselle les aimera. Il y a une simplicité presque enfantine dans ces lignes pures, une allure de garçon qu'elle va surement adorer, n'est-ce pas?

Elle s'était adressée au fameux Ernest qui me donnait l'impression d'être une dame dans un corps d'homme. Il avait les traits aussi fins qu'une femme et exhalait un parfum capiteux qui commençait sérieusement à me tourner la tête. Puis, la rombière s'adressa à moi :

– Peux-tu poursuivre ton travail dans cette direction ? Tu vois, des lignes pures, débarrassées de tout ce tralala d'avant-guerre. Nous allons faire de ces années vingt, une référence dans le domaine de la mode… Et du parfum aussi, n'est-ce pas Ernest ?

L'efféminé hocha docilement la tête. Ainsi il était parfumeur, cela expliquait son attitude, sans doute, et les effluves qu'il répandait dans un large périmètre tout autour de lui, me donnant un lancinant mal de tête. Elle reprit, plus pour elle-même qu'à mon intention.

– Cette petite robe noire me plait décidément énormément… Je pense que Mademoiselle va succomber à son charme...

Je ne savais pas le moins du monde qui était cette Demoiselle dont elle nous rebattait les oreilles et j'avais eu un brin de chance car, personnellement, je ne donnais pas cher de cette robe qui m'avait été inspiré par les veuves du village, qui ne portaient plus que du noir depuis 1918. J'avais hésité un moment avant de décider de ne pas jeter le croquis au feu.

C'est sur le chemin du retour que je m'aperçus que je ne possédais plus la lettre de mon parrain. Je tâtais mes poches, rien ! J'avais dû la mélanger aux esquisses sans y prendre garde. Le ciel sembla me tomber sur la tête. Je m'arrêtais. La tête me tournait. Je ne pouvais vivre sans ce demi-feuillet porte-bonheur, je devais retourner au manoir le récupérer de toute urgence. Je fis demi-tour alors que les cloches d'une église au loin sonnaient les douze coups de midi. Le même domestique m'ouvrit la lourde porte donnant sur le hall. Je lui expliquais en quelques mots l'objet de mon retour.

– Madame s'est absentée pour le week-end. Veuillez repasser Lundi.

Je n'avais pas le moindre soupçon de ce que pouvait être un "ouikinde", mais je ne relevais pas. Le sol sembla se dérober sous mes pas et j'avais tellement la tête ailleurs que je pris le mauvais chemin au croisement où m'avaient laissé mon père, le matin même. Je marchai deux bonnes heures dans la mauvaise direction, puis constatant mon erreur, au lieu de revenir sur mes pas et suivre le bon chemin à l'embranchement devant l'allée du château, je voulus couper court en prenant un chemin de traverse. J'ajoutais une heure supplémentaire à mon désarroi. Maintenant je me trouvais au milieu de nulle part et le jour commençait à décliner en cette journée d'automne. Je ne croisais évidemment personne pour mon plus grand malheur. Où étais-je ? De lourds nuages assombrirent soudain le ciel et avancèrent l'heure des ténèbres. Je n'y voyais plus grand-chose lorsqu'une pluie fine et serrée vint couronner cette exécrable journée. Instinctivement, je savais que la perte de cette lettre porte-bonheur était la cause de cet égarement.

Un molosse bondit sur moi sans s'annoncer par des aboiements de sommation. Il posa ses grosses pattes sur mon torse et je m'étalais dans les flaques et la boue. Je croyais ma dernière heure arrivée et, mentalement je refis ma prière du soir, assortie d'une pensée sincère pour feu mon parrain. Quelque chose de chaud et rugueux me lavait les joues. Le cerbère n'était qu'un vieux dogue en mal d'affection. Le courage m'abandonna d'un seul coup et je me mis à pleurer, perdu dans cette campagne hostile. Des pas de sabots me tirèrent de ma léthargie. Le chien aboya deux coups et l'instant d'après, un puissant bras me relevait sur pied.

> – Alors mon gars, qu'est-ce qui t'arrive ? T'es perdu ?

Une large silhouette sombre me dévisagea à la lueur pâle et vacillante de la torche qu'elle tenait à bout de bras.

> – Allez, viens te réchauffer auprès de l'âtre. Tu nous raconteras tout ça. Ce soir, c'est jour de soupe. La mère s'y entend comme pas deux. Tu m'en diras des nouvelles !

Un quart d'heure plus tard, je grelottais, emmitouflé dans une couverture, tandis que mes habits séchaient au-dessus de la cheminée. Lorsque la femme qui régnait sur la maisonnée en véritable matronne m'avait vu dans mes habits tout maculés de boue et aussi trempés que la soupe qu'elle servait à la tablée, elle m'avait d'autorité déshabillé devant l'assistance, enveloppé dans cette couverture rêche, et entrepris de laver mes vêtements.

> – Ils seront secs à l'aube, en attendant, tu vas passer la nuit ici. Nous ne sommes pas bien riches, mais il y a toujours une couche pour les nécessiteux.

Elle se tourna vers la tablée et, d'une voix qui ne souffrait la contestation, annonça simplement :

> – Lucien, tu laisseras ton lit à ce petit et tu iras dormir dans la grange. Le foin te tiendra chaud. Quant à toi, mon garçon, tremble tout ce que tu veux. Il faut que ton corps retrouve sa chaleur. Ensuite, tu pourras venir avaler une bonne assiettée de soupe. J'y ai mis du céleri cette fois, ça lui donne meilleur goût.

Assis sur un bout de banc, dos à la cheminée, car la mère avait ordonné cette position.

–   Tu as reçu le froid de l'averse par le dos, la chaleur doit venir par l'arrière !

Je regardais, hagard, l'assistance autour de la table. Deux garçons de l'âge de mes frères me lançaient des regards soupçonneux, et le fameux Louis me fustigeait de ses petits yeux. Par ma faute, il allait passer la nuit dans le foin de la grange. L'homme qui m'avait trouvé lampait à grandes coudées une soupe dans laquelle il trempait de larges tranches de pain de seigle rassis. Son air bourru trahissait un bon fond, à coup sûr qu'il avait le cœur sur la main, un peu trop même. A sa gauche, une fillette ouvrait d'immenses yeux ronds à mon endroit. J'avais honte de lui être apparu tout nu, il y a deux minutes. Le chien avait posé sa tête de colosse entre ses deux pattes et contemplait les flammèches qui s'échappaient de grosses bûches dans l'âtre, hypnotisé par la danse virevoltante des flammes et les craquements du bois qui se tord sous la chaleur. Bien des années plus tard, je constaterais le même regard hypnotique des enfants devant la télévision...

La mère allait et venait dans la pièce. Il y avait toujours quelque chose à faire pour cette femme qui régnait en maitresse absolue, une fois passé le seuil de la ferme. Si, au dehors, l'homme prenait seul les décisions qui s'imposaient, dans le foyer il n'avait pas droit au chapitre. C'est elle qui me questionnait. Quel était mon nom, d'où j'étais,… A mes timides réponses, l'homme siffla d'exaltation.

> – Eh ben, mon garçon, tu t'es largement fourvoyé !

La mère lui lança un regard sévère.

> – A-t-on idée aussi de laisser un gamin parcourir tout seul la campagne quand il ne connait apparemment pas la contrée. Roland, demain matin à la première heure, tu iras accompagner cet égaré jusqu'à la croix de mission. De là, on voit parfaitement sa ferme. Il ne pourra pas se perdre.

Après la nuit inconfortable qu'allait passer le dénommé Lucien, je m'étais maintenant attiré les foudres de son frère en l'obligeant à marcher quatre bonnes heures à l'aube. Deux heures à l'aller et deux autres au retour.

J'étais suffisamment réchauffé pour pouvoir maintenant avaler la soupe encore brûlante que la mère me servait, tandis que les hommes s'occupaient de diverses manières. Seule la petite fille était restée juste en face de moi. Elle ne disait rien, mais je voyais bien qu'elle mourrait d'envie d'en savoir plus sur cet inconnu qui avait bouleversé cette soirée, identiques à toutes les autres. Elle ne semblait pas rassurée, mais sa curiosité l'emportait sur la défiance à mon endroit. Entre deux lampées de la meilleure soupe que je n'avais jamais avalée, je lui souris gentiment. Elle détourna le regard, comme ces précieuses parisiennes qui s'offusquent d'un rien. Mais son intérêt pour cet étranger débarqué à brûle-pourpoint, donnant du piment à une soirée qui aurait dû ressembler à tant d'autres, l'incitait à ne pas battre en retraite devant mes sourires et mes mimiques de bienvenue. Bientôt nous entamâmes un dialogue muet. Une tendre complicité naquit ce soir-là. J'étais alors loin de me douter que cette petite fille qui me regardait avec des billes à la place des yeux, je la croiserais à nouveau dans ma vie, et ce jour-là, j'aurais la lettre fétiche sur mon cœur pour l'empêcher de battre trop vite, et pour m'aider à formuler les sentiments que j'avais au plus profond de mon coeur. Mais ceci est une autre histoire...

Je ne parvins pas à dormir cette nuit-là, et je regrettais le désagrément infligé au pauvre Louis qui, lui non plus, n'avait pas dû beaucoup dormir par ma faute. Le lendemain, devant mon bol de chocolat chaud et une tartine de miel, je n'en menais pas large devant son regard lourd de reproches. Je craignais d'autant plus les deux heures en compagnie de son frère, qui allait certainement me punir d'être venu déranger ses habitudes. Il allait forcément me donner des coups, déchirer mes habits tout propres et me forcer à prétendre que je m'étais fait cela tout seul. Il était certain que la mère allait se renseigner pour savoir si j'étais bien rentré. Mais son regard vicieux prouvait bien qu'il avait déjà sa petite idée de comment me faire passer l'envie de recommencer, sans avoir les apparences contre lui.

Nous partîmes dans la brume matinale qui suivait immanquablement une nuit de crachin. Parvenus à un premier bosquet qui nous cachait de la ferme, il se tourna vers moi et je crus le pire enfin advenu.

– Je te dois un sérieux remerciement pour la nuit dernière. Tu peux pas savoir combien Lucien ronfle chaque nuit ! Grâce à toi, j'ai pu passer une bonne nuit de sommeil. Merci !

Quelque peu rassuré par cette circonstance inattendue, je me risquais à épancher ma conscience.

– Ça ne te dérange pas de marcher toute la matinée pour m'accompagner ?

Il me regarda avec malice, puis s'arrêta.

– Penses- tu ! J'échappe à la corvée de la traite des chèvres. Encore merci !

Nous gambadâmes pendant deux bonnes heures. Nous parvînmes devant une large croix de bois s'élevant sur une douce colline. Il tendit le bras. Son index indiquait une fermette dont la cheminée laissait s'échapper une fumée grisâtre.

– Chez toi, c'est là-bas.

Il me tendit sa main, que je serrais avec reconnaissance.

> – Je m'appelle Roland Vauclin. Chaque jeudi, je vais avec mon père jusqu'au marché de la ville. On s'y verra peut-être...

Je fis oui de la tête avant de le voir dévaler son côté de la colline. En courant pour rentrer à sa ferme, il aurait le temps d'aller braconner un peu. Je me retournais vers chez moi et je courus moi aussi, au-devant de mon destin. Combien de fois avons-nous passé de longues après-midi, Roland et moi, à traquer le pigeon ou piéger la truite...

La lettre avait bien été emportée par le fameux Ernest Beaux avec mes croquis. J'appris qu'il l'avait gardé sur lui pendant une semaine. Durant cette semaine, il avait proposé un nouveau parfum de sa composition, et la Demoiselle avait été enchantée. Six mois après, on pouvait trouver la fragrance dans toutes les boutiques de luxe et on peut encore s'en procurer aujourd'hui. On lui avait donné le nom tout simple de "Numéro 5".

La baronne m'attendait à son retour de Paris. Elle était porteuse de deux bonnes nouvelles. Elle me rendit ma lettre. Aucune nouvelle ne pouvait m'être plus chère. Je pressai le demi-feuillet sur mon cœur tandis que, toute fière, elle m'annonçait que Mademoiselle avait été enchantée par cette petite robe noire toute simple, et qu'il serait question de la fabriquer dès la saison prochaine. J'allais partir pour Paris. Je n'avais pas quatorze ans. Pour mes parents, il n'était pas question que j'aille à la capitale.

> – La ville les rend tous fous ! avait proclamé mon père.

Mère était plus nuancée. C'était peut-être une chance pour moi. Après tout, ma constitution ne m'aurait jamais permis de travailler à la ferme avec mes frères. Cependant, père n'en démordait pas.

> – On les connait les gens de la mode ! C'est tout fausseté et compagnie. Des femmes lascives et rien que des folles !

Je m'interrogeais sur le sens de ces "folles". Il n'était pas question d'aliénés, cela paraissait évident. La baronne vint en personne à la ferme pour convaincre père. Il faut croire que ses arguments de persuasion furent plus probants que les raisonnements de mère. A contre-coeur, il finit par accepter que je "monte à Paris", comme on disait en ces temps-là. Je pris le train à la grande ville, accompagné par mère qui se méfiait de mon sens approximatif de l'orientation, depuis le fameux retour de la foire qui m'avait fait rencontrer, à la fois celui qui allait devenir mon meilleur ami et celle qui... Mais cela est une autre histoire...

Je restai trois jours pleins à la capitale et je n'eus même pas le temps de voir la Tour Eiffel. Les ateliers de la célèbre maison de couture occupaient dorénavant plusieurs numéros, rue Cambon. A peine arrivé gare d'Austerlitz, un employé m'attendait sur le quai et m'y accompagna sans prononcer dix mots. Je commençais à me dire que les citadins n'étaient pas bien loquaces. Le soir, je dormais dans un hôtel particulier qui appartenait à un grand monsieur dont je n'avais pas retenu le nom. Je passai tout le deuxième jour sur des croquis et des ébauches. On confectionna des "patrons". Ces ateliers étaient de vraies fourmilières. Tout le monde me considérait comme un adulte, on demandait constamment mon avis, on me traitait d'égal à égal. J'étais en apesanteur, il me semblait vivre un rêve tout éveillé. A certains moments, je portais ma main à la poche de ma veste où j'avais glissé la lettre, elle était mon talisman.

Les repas étaient tous pris dans de luxueux restaurants. Les hommes et les femmes étaient tous vêtus avec cette élégance qui allait caractériser les années vingt. Le soir du second jour, je fus invité à une sorte de cocktail. Il y avait de la musique dans le salon, mais je n'arrivais pas à distinguer les musiciens. Jamais je n'avais entendu de pareils accords. Les cuivres semblaient gémir sur un tempo rapide et désordonné. Rien à voir avec les ritournelles qu'on jouait au bal par chez nous. Tout était différent à Paris, y compris la musique. Je m'enquérais de cette présence d'un orchestre invisible. Jeannine, une styliste qui me chapeautait pendant tout mon séjour parisien, émit un sourire bon enfant.

– Ce n'est pas un orchestre, Joseph ! Viens, regarde…

Et là, je vis une étrange machine sur laquelle tournait bien plus rapidement que les valseurs du samedi soir, une galette de cire toute noire. Un pavillon comme ces fleurs exotiques qu'on appelle arums, et bien plus gros qu'une citrouille de bonnes dimensions, laissait s'échapper des rythmes endiablés.

> – C'est du jazz, ça vient de l'Amérique. Avec ton talent, il n'y a pas de doute qu'un jour tu iras toi aussi, à Nouillorque.

Le troisième jour, alors que nous planchions, Jeannine, moi et toute une batterie de couturiers sur quelques modifications à apporter à de simples robes, il se fit un silence soudain. Comme les insectes se taisent à l'approche de l'orage, tous les employés avaient stoppé leurs bavardages. Ce n'était plus une ruche, c'était un sanctuaire. Alors, je la vis. Elle avançait d'un bon pas, sa longue robe argent ondoyait sur sa silhouette élancée, elle portait un chapeau excentrique et tenait dans sa main un porte-cigarette, dont je ne l'ai pas vue tirer une seule bouffée le temps qu'elle resta dans l'atelier. En avançant au milieu de ses employés, elle souriait parfois à quelqu'une, hochait la tête en guise de bonjour à une autre, avait une mimique gratifiante pour un troisième. Elle fut devant nous.

– Jeannine, est-ce notre petit prodige ?

Elle avait quasiment employé les mêmes mots que la baronne, mais elle était bien plus belle et bien plus jeune que la vieille rombière du château. Puis, sans plus d'égards, elle souleva le prototype de mon humble création. Elle la tripota, l'examina, ne paraissant pas entendre les spécifications qu'apportait Jeannine.

– Ce tissu est trop rêche. Il faut de la légèreté pour cette petite robe. Puis, se tournant vers sa styliste, elle demanda : Comment l'appelle-t-on ?

Devant le mutisme soudain, comme un enfant pris en faute, elle inspira un grand coup, puis elle annonça :

– C'est une petite robe noire, n'est-ce pas ? Si nous l'appelions tout simplement *"La Petite Robe Noire"* ?

Elle me caressa la joue et s'enfuit vers d'autres obligations au bras du plus bel homme que je n'avais encore jamais vu. Je sus, plus tard, que le plus bel homme se déclinait en plusieurs individus au fil des jours et des semaines. Mademoiselle Chanel ne portait jamais deux fois la même tenue et ne sortait jamais deux fois au bras du même homme. J'eus l'honneur d'être à son bras lors d'une soirée au début des années 30. La pudeur m'interdit d'en dire davantage...

Après ces trois jours étourdissants, je rentrai dans ma campagne qui me parut alors bien austère. Je continuais mes gribouillages, cette fois non plus en cachette, mais au vu de tous. Mon travail qui était finalement dédié entièrement à Mademoiselle, m'avait rapporté une belle somme. Même si père continuait de mépriser cette voie, il se taisait lorsqu'on lui rappelait que le toit de la grange avait été remplacé grâce à mes émoluments, et que nous avions pu racheter les terrains laissés à l'abandon après la mort du vieux Grégoire.

Je demeurai encore à la ferme pendant trois ans. Ensuite, je partis définitivement pour Paris. Roland, qui avait deux ans de plus que moi, était enrôlé pour son service militaire, il était en caserne à Compiègne et nous nous retrouvions souvent dans quelques clubs de jazz de la rive gauche. Démobilisé, il resta à Paris. Il était devenu mon collaborateur. J'avais vite compris que si je continuais à travailler pour Mademoiselle Chanel, jamais je ne me ferais un nom. "*La Petite Robe Noire*", tout droit sortie de mon imagination, était "son" œuvre.

A dix-neuf ans, j'ouvris un atelier dans le treizième arrondissement. Je collaborai encore avec la maison Chanel pendant les années 30, mais j'avais développé ma propre collection. La haute couture ne m'intéressait pas. Derrière le luxe et le faste, se cachaient les plus bas des sentiments humains, hypocrisie, fausseté, ambition. Ce qui m'avait ébloui du haut de mes quatorze ans, n'était que de la poudre aux yeux. Je dessillai rapidement en me rendant compte que l'apparence est, tout comme l'argent facile, un attrape-nigaud de première. Dans ces milieux-là, il vaut mieux avoir la tête sur les épaules. J'avais parfois l'impression, au contact de ce monde de fausseté, tellement mouvant, de marcher dans la tourbière derrière chez nous. Des marais s'asséchant, mais encore délicats et pernicieux, gare aux faux-pas et au manque d'équilibre. Les grands salons et les cocktails réunissant le tout Paris commençaient à me sortir par les yeux. Très vite, je fis mon trou. Je travaillais beaucoup pour le cinéma. Pierre William Wilm, Jean Gabin, Charles Vanel, même Charles Boyer exilé à New-York, me faisaient confiance pour approvisionner leur garde-robe. Tout marchait magnifiquement. Je conservais précieusement mon fétiche : la lettre de mon parrain ne me quittait jamais, je la portais toujours sur moi, comme mes papiers d'identité. Jeannine l'avait prédit : Je me rendis à New-York où je rencontrais d'autres vedettes, internationales celles-là. Je basculais dans un autre monde. De la côte Est, je traversai le pays jusqu'à Hollywood. C'était l'âge d'or des grands studios. La "Warner" m'offrit un contrat en or pour habiller ses vedettes. En trois mois, j'appris à parler anglais. J'avais découvert le Paris des années folles, étourdissant, enivrant et tapageur pour l'enfant que j'étais encore alors, j'allais traverser les années 30, loin de l'agitation qui secouait l'Europe. J'abordais une nouvelle période de ma vie avec un soupçon de sérénité et de sagesse en plus. J'étais convaincu que tous mes succès étaient imputables à cette lettre qui reposait constamment sur mon cœur. La nuit, elle était posée sur la table de nuit, à portée de main. Mais, il faut croire que le bonheur et la chance ne durent pas éternellement... Les autorités françaises savaient où me trouver. L'été 39, j'avais juste trente ans et j'étais parfaitement mobilisable, et je dus rentrer en France pour incorporer aussitôt mon régiment. Je tentais de faire jouer mes relations, mais celles-ci étaient trop éloignées des sphères politiques et militaires. Je réussis cependant à échapper à un envoi sur les lignes ardennaises. Je restai donc à Paris, muté dans de sombres bureaux d'où nous parvinrent sans tarder, de bien tristes nouvelles. La fameuse ligne Maginot avait été construite dans l'esprit de 14, mais les nouvelles techniques de guerre s'en moquaient franchement. Ce fut une véritable passoire. En neuf mois, le pays était à genoux. L'état-major prit ses valises pour la ville thermale de Vichy.

J'étais démobilisé dans un Paris occupé. Lorsque je me rendis rue Cambon, je croisai autant d'uniformes de la Wermacht que d'anciens collègues. Mademoiselle en personne vint me serrer poliment la main. Elle connaissait mon travail outre-atlantique, nous avions collaboré quelquefois durant ces dernières années, elle m'avait appelé à plusieurs reprises pour un conseil, une idée, une piste à suivre. Mais elle s'était entichée d'un autre genre de collaboration dorénavant… Pour ma part, je ne voulais pas manger de ce pain-là. Déçu et désorienté de constater que tous mes anciens amis versaient dans une attitude plus que conciliante vis-à-vis de l'occupant, je consultais mon ami Roland, un vrai celui-là, le seul qu'il me restait en fin de compte, et nous décidâmes de rentrer au pays.

La guerre terminée, cette occupation vert-de-gris n'empêcherait pas les gens de vouloir s'habiller. Nous allions abandonner les stars pour vêtir les humbles, laisser le Tout Paris se confondre avec l'ennemi, et œuvrer ensemble pour le bien être des gens modestes, qui allaient connaitre surement de rudes années. Dans tout ce bouleversement, je ne pensais même pas à retourner à Hollywood. Ce fut une erreur sur le coup, mais si j'étais reparti à ce moment-là, jamais je n'aurais retrouvé la sœur de Roland. C'était une jolie veuve, son mari ayant été tué au front l'hiver précédent. La plus belle femme du monde à mes yeux, qui en avaient vu d'autres pourtant ! Nous nous mariâmes à l'automne. Oui, le bonheur était tout de même possible dans cette France meurtrie, bafouée, humiliée. Je tenais une petite boutique de prêt-à-porter et de vente de tissu au mètre, située dans une rue marchande de cette petite ville, qui m'avait vu m'embarquer pour la capitale quelque quinze ans auparavant. Je devais aller souvent m'approvisionner à Paris. C'est lors d'un de ces voyages qui me coûtaient péniblement, que le drame eut lieu. Je n'aimais pas trop déambuler dans les rues de Paris, tous ces uniformes, ces troupes marchant au pas, ces voitures de l'armée Allemande sillonnant les avenues, me sortaient par les yeux. Comment les dirigeants français avaient-ils pu laisser faire ça ? Je prenais alors le métro, on n'y rencontrait moins de soldats. Peut-être que les recrues de la Wermacht répugnaient-ils à se comporter comme des rats, en mettant un point d'honneur à ne se déplacer qu'en surface... En tout cas, les officiers SS ne l'utilisaient jamais, et c'est bien eux qui m'écoeuraient le plus, avec leur suffisance affichée et leur air mauvais et pernicieux.

C'est durant un trajet Chatelet-Odéon que je perdis ma lettre. Je ne sais encore comment. J'avais pris une très mauvaise habitude en Amérique, je fumais. C'est certainement en voulant prendre une cigarette que le feuillet s'échappa de ma poche intérieure. Nous étions le 14 Octobre 1940. Je m'en souviens encore.

C'était pourtant une belle journée. Les brumes matinales s'étaient dispersées en s'effilochant dans les couleurs orangées du soleil rasant l'horizon. Il ne faisait pas froid et quelques parisiennes avaient osé des robes fleuries. Il flottait dans l'air, presque un parfum de liberté. Lorsque je m'aperçus de la disparition de la lettre, il était bien évidemment trop tard. Je refis mon parcours à trois reprises, inspectant les quais où j'avais attendu les rames, les couloirs empruntés, furetant dans les moindres recoins, jetant des regards angoissés sur les sombres rails. Je ne pus retrouver mon porte-bonheur, pas plus ce jour funeste que les mois qui suivirent, puis les années déroulant leurs lots de petits bonheurs et leurs cohortes de soucis et de tristesse. Toute ma vie...

Heureusement pour moi, j'avais ma femme, toujours amoureuse comme au premier jour, et bientôt une ribambelle d'enfants qui allaient égayer notre logis et combler mon immense peine. Jamais plus, je n'eus cette chance qui fait toute la différence entre un travailleur consciencieux et méticuleux, et celui ou celle qui réussit au-delà de toute limite. Je vécus une vie de labeur, ne manquant de rien, vivant chichement, mais partageant ce que l'on peut appeler le bonheur au jour le jour, avec mon épouse adorée et une famille qui se constituait au fil des ans.

Le bonheur est un concept qui nous échappe toujours, comme sa propre ombre, il est impossible de mettre le doigt dessus et on ne peut l'apprécier qu'en prenant du recul. On ne s'aperçoit de sa félicité qu'à deux reprises : lorsqu'on vient de perdre cette vie qui nous paraissait monotone et sans attrait, ou bien lorsque, ayant pris suffisamment d'âge pour pouvoir se pencher sur sa vie passée, on constate qu'elle fut émaillée de quantité de petites joies. Mises bout à bout, elles forment le collier du bonheur.

A ce moment, il y eut un nouveau relâchement dans l'assistance. Je regardais fixement le visage de Joseph. Il semblait émaner de tous ses traits, comme une sagesse, celle que l'on retrouve parfois sur les visages des moines bouddhistes. C'était un sacré personnage ce Joseph ! Et quel merveilleux conteur… Toute l'assistance était subjuguée, captivée, envoûtée.

De son œil droit, une larme perla. Cette évocation du passé lointain devait l'émouvoir davantage que tous les convives ici présents. Mais quelque chose clochait dans son récit. S'il avait traversé toute sa vie en humble travailleur (d'ailleurs, il n'avait pas précisé s'il avait poursuivi sa carrière dans la mode), d'où lui venait toute cette richesse qui, pour n'être pas ostensible, n'était pas pour autant camouflée. Ce manoir, le vaste parc, les invités de marque, sa petite fille qui visiblement était née avec une cuillère d'argent en guise de tétine. J'allais avoir la réponse à mes interrogations car, une nouvelle fois, déjouant les pronostics de l'assemblée, l'histoire n'était pas finie.

Joseph reprit :

— Tout ce que je vais vous relater maintenant m'a été rapporté par des tiers. Je ne l'ai pas vécu moi-même.

Joseph essuya discrètement la larme qui débordait de sa paupière droite, prit une ample respiration et se lança dans le récit le plus rocambolesque que j'ai jamais entendu de toute ma vie. J'espère ne rien omettre ou travestir de sa narration.

— L'officier Otto Von Manstein n'avait pas cette aversion partagée par ses collègues pour les rames du métro parisien, ni cette arrogance affichée des SS qui, le menton relevé, la tête haute et le regard lointain, ne leur permettait pas de voir ce qui trainait à la pointe de leurs bottes. Il repéra la lettre perdue sur un quai de la station Odéon. Il se pencha pour la ramasser. Bien entendu, aucune indication de destinataire, ni d'expéditeur, juste une signature et quelques lignes écrites en français, que l'officier pratiquait avec maestria. Il avait fait ses études dans la capitale française et n'était pas insensible aux beautés de l'art. Bref, c'était un soldat instruit et raffiné. Toute cette guerre le répugnait au plus haut point. L'assouvissement de l'État Français lui était intolérable et Paris, la ville lumière par excellence, jugée comme l'annexe de Berlin par bon nombre de ses camarades, lui inspirait beaucoup de pitié. Il n'imaginait pas alors que la folie de cet Hitler, dont il avait suivi avec une pointe de désenchantement, l'irrésistible ascension dans l'Allemagne des années trente, allait précipiter l'Europe et, par ricochet, la planète entière, à feu et à sang durant cinq longues années, et mettre en place la plus abjecte des idées : la solution finale. Même s'il cachait de son mieux sa désapprobation pour toutes les actions de l'armée allemande et, spécialement, les agissements sans foi ni loi des SS, il s'attira quelques douloureux ennuis.

L'épuration voulue et décidée par le troisième Reich n'était pas simplement ethnique, elle concernait aussi les soit disant brebis galeuses dans les rangs mêmes de sa propre armée. Il faut croire que cette lettre lui porta bonheur, car il réussit à passer au travers des jugements à l'emporte-pièce, des rétrogradations, jusque aux conseils de discipline et à l'emprisonnement, voire à la déportation.

Mais, dans cette Europe folle du début des années quarante, même le meilleur talisman ne pouvait pas tout… A l'automne 1942, il reçut une promotion… sur le front Russe. Ce n'est pas la peine de revenir sur les conditions qu'endurèrent les soldats, aussi bien russes qu'allemands, lors de cette bataille qui fit rage autour de Stalingrad.

Début 1943, l'attaque décisive de l'Armée Rouge allait mettre en pièces ce qu'il restait de la flambante machine de guerre allemande. Otto Von Manstein fut le seul rescapé de sa division. Alors que tous ses compagnons périrent dans la neige et le froid, ou furent durement blessés, il s'en tira sans même une égratignure. Son statut d'officiel lui permit d'échapper au désir de vengeance des soldats russes. Il fut fait prisonnier et passa le reste de la guerre dans une cellule d'une prison non loin de Kiev.

Libéré en 1945, sachant que toute sa famille de grande lignée aristocratique de la Brême, avait plus que pactisé avec le régime Nazi, il s'installa en Tchécoslovaquie, pays également durement touché par le conflit. Il fit vite fortune dans la production d'ustensiles ménagers. L'Europe entière se reconstruisait et allait suivre le modèle américain, au début des années 50. Otto ne put s'empêcher d'attribuer la chance inouïe qui l'avait fait traverser la partie la plus cruelle de la guerre et lui accordait maintenant la réussite dans ses projets, à cette lettre porte-bonheur. Il la conservait toujours sur lui.

Il était grand amateur d'athlétisme. Il ne pratiquait pas lui-même, mais appréciait l'effort et la beauté des athlètes, ce qui l'avait un moment, rapproché des jeunesses Hitlériennes qui vouaient un véritable culte à la culture physique. Nous étions début 1952, lors d'un meeting qui se tenait au Strahov, le fabuleux stade de Prague où se déroulaient les "Spartakiades", des compétions de gymnastique, mises en place par le régime communiste, après le coup de Prague en 1948. Otto félicita quelques athlètes amateurs et eut la chance de croiser une étoile montante de la course à pied. Ils échangèrent une poignée de main et, hasard ou coïncidence, partagèrent le même taxi pour rentrer au centre-ville. Peu importe sur quels sujets roula la conversation, il se trouve que la lettre changea de propriétaire.

Le coureur de fond rentra chez lui et découvrit une lettre pliée en deux, et rédigée dans une langue qui lui était inconnue. N'importe quel autre sportif l'aurait sans doute jeté à la poubelle, mais Emil savait respecter les signes du destin. Enfant, devant une table d'outils, il saisit d'emblée de la main gauche un marteau de cordonnier. C'était un présage : il allait être embauché dans l'usine de chaussures "Bata". En 1941, il est obligé de courir en participant à une course organisée par la firme, pour ne pas être renvoyé de l'entreprise et devoir travailler pour les allemands. Il prendra goût à la compétition et inventera une nouvelle façon de s'entrainer, en fractionnant l'effort. Mais, après avoir remporté plusieurs championnats du monde, la roue semble tourner pour Emil en ce début 1952. La pression communiste se fait plus intense à Prague, et son ami Stanislav se voit privé de Jeux Olympiques en raison de l'opposition déclaré de son père au régime communiste. Solidaire, Emil décrète qu'il n'ira pas à Helsinki si son ami n'est pas du voyage. S'en suit un bras de fer entre les autorités et le sportif, dans lequel toute la

Tchécoslovaquie met ses espoirs. Une vilaine bronchite le suit tout le printemps, et on craint que ce prétexte lui serve à ne pas participer aux épreuves, ne se sentant pas à son meilleur niveau. Pourtant tout s'arrange, le gouvernement Tchèque cède et les deux sportifs ont gain de cause.

Dans l'avion qui survole l'Europe du nord, Emil presse la lettre porte-bonheur sur sa poitrine. Il n'avait pas eu besoin d'elle quatre ans auparavant, lorsqu'il décrocha la médaille d'or à Londres sur le 10 000 mètres, son épreuve fétiche. Mais, à Helsinki, la simple victoire va virer à l'exploit. Lorsqu'il s'aligne aux côtés des meilleurs athlètes mondiaux, Emil se sent diablement bien, ses ennuis de santé du printemps semblent être de l'histoire ancienne et son combat contre les autorités, un vilain souvenir qui s'estompe. Il entame le parcours dans son style spécifique, haletant, désordonné dans ses mouvements, semblant à l'agonie, épuisé. A un journaliste qui lui fera la remarque de ce style disgracieux, il répondra : *"vous savez, ce n'est ni de la gymnastique, ni du patinage artistique"*. Ainsi, dès le premier kilomètre, Zatopek est dans le groupe de tête et ne tarde pas à prendre la tête. Personne ne veut suivre, personne ne le peut. On s'accorde sur une erreur de technique, un orgueil qui va lui être fatal dans les derniers tours.

Mais le Tchécoslovaque continue, accentuant toujours son avance. Seul le français Alain Mimoun résistera un temps, remportant la médaille d'argent. Deux jours plus tard, le scénario se répète. Zatopek en or, Mimoun en argent sur le 5000 mètres. La délégation Tchécoslovaque et son entourage estiment alors qu'il est insensé de participer au marathon, d'autant que sa femme reçoit la médaille d'or dans le lancer du javelot, une heure après la deuxième victoire de son époux. Néanmoins, Emil est confiant, tapotant sa lettre porte-bonheur qui ne le quitte jamais, même en compétition. Il s'est fait coudre une poche à l'intérieur de son short. Le 27 juillet 1952 sous un soleil polaire, Zatopek réalise l'exploit en remportant sa troisième médaille d'or.

A son retour à Prague, il est acclamé par une foule en délire et reçoit les honneurs de ceux qui le vouaient aux gémonies, quelques semaines auparavant. Il est élevé au rang de commandant dans l'armée et proclamé héros de la jeunesse, dans une mise en scène grandiloquente dont l'administration communiste a le secret.

Au mois d'octobre suivant, il bat le record de l'heure, approchant les 19 kilomètres. C'est dans le bus qui le ramène à Prague, où règne une ambiance de fête, qu'il oublie sa veste où demeure la lettre fétiche. Il ne s'en aperçoit qu'une fois dans son appartement, soudain dégrisé. Il part au milieu de la nuit au central de la gare routière, mais le car est déjà reparti vers Kolin. Ni une, ni deux, il grimpe dans sa Skoda dernier modèle, et roule à tombeau ouvert sur les petites routes heureusement désertes à ce moment-là. Il rejoint Kolin alors que le jour ne pointe pas encore, mais le bus a déjà été lavé et nettoyé par l'équipe de nuit. Seul un gardien est sur place. Les bureaux n'ouvrent qu'à neuf heures. Emil, impatient, va courir jusqu'au matin pour évacuer le stress qui a ankylosé jusqu'à son cerveau. *"Ce n'est pas possible !"*, se maudit-il. Découvrant son identité, les employés de la gare routière mettent tout en œuvre pour retrouver la veste. En effet, on met la main dessus dans un placard destiné aux objets trouvés. Mais, point de lettre dans aucune des poches. Adresses en main, Emil se rend chez les trois personnes qui ont nettoyé le bus. Personne n'a vu de lettre ou de papier s'échapper du veston. Emil a bien des doutes sur l'honnêteté d'une jeune femme au regard fuyant, mais que ferait-elle d'une simple lettre, écrite en Français, de surcroit. Il finit par s'y résoudre : il a bel et bien perdu son fétiche. Début 1953, de nouveaux ennuis de santé plombent son état de forme, il se fait opérer des amygdales, mais rien n'y fait. Le triple médaillé d'Helsinki ne retrouvera jamais le sentier des podiums.

En ce qui concerne la lettre, il subsiste une zone d'ombre, en réalité. Jamais personne ne pourra expliquer comment ce morceau de papier, jeté dans la poubelle en compagnie d'un emballage de bonbon, deux mégots, un capuchon de stylo et d'une bonne quantité de poussières diverses par Maria Zlatkovski, qui était en charge de la propreté du bus dans lequel Emil avait séjourné, put se retrouver sur un trottoir de la banlieue nord de Prague, ni par quel miracle il fut projeté dans la benne d'un camion transportant du sable jusqu'en Hongrie.

Quoi qu'il en soit, Andris Varga, jeune étudiant aux beaux-arts de Miskolc, qui prenait le frais un soir de cet hiver 1953, glissa sur une plaque de verglas dissimulée sous une fine couche de neige. En prenant appui sur le sol gelé de sa main droite, il trouva la lettre collée à sa paume. Andris avait quelques notions de Français et put aisément déchiffrer le texte. Il interpréta cela comme un signe. En effet, il était hautement improbable qu'une lettre, visiblement écrite trente-cinq ans plus tôt, lors du premier conflit mondial sur le front ardennais, aboutisse entre ses doigts un jour sans lumière de janvier, au cœur de la Hongrie.

Il rentra aussitôt dans son petit appartement situé au deuxième étage d'un immeuble vétuste, qui laissait entrer le froid par une mince fenêtre mal isolée, et s'échapper le peu de chaleur que prodiguait le vieux poêle par le même chemin, qui avait au moins le mérite de lui réchauffer les pieds en attendant que sa fiancée, Edina Mindszenti, une belle blonde au charme slave, inscrite elle aussi aux mêmes cours que lui, finisse son travail de serveuse dans un café du centre de cette ville métallurgique. Andris voyait d'un mauvais œil ce boulot. Tout d'abord, Edina rentrait de plus en plus tard, et il ne pouvait s'empêcher de réfréner une jalousie vis-à-vis de clients souvent grossiers, aux regards insistants et aux mains baladeuses. Il savait pourtant qu'Edina tenait à lui et savait se défendre, mais c'était plus fort que lui. D'un autre côté, lui ne parvenait pas à trouver un travail qui lui permette de poursuivre ses études.

Ce soir-là, en attendant Edina, emmitouflé dans une couverture élimée, il laissait son regard se perdre sur ces mots écrits dans des conditions bien pires que ce qu'ils connaissaient dans la Hongrie de 1953, satellite de la toute puissante Urss. Il ne savait pas encore que sa vie allait changer radicalement. On était le soir du 6 mars 1953. Le lendemain, la principale information faisait la une de tous les quotidiens Hongrois, c'est-à-dire du seul journal autorisé. Le petit père des peuples s'était éteint la veille et cent millions de prolétaires pleuraient déjà sa mort dans le rude hiver soviétique.

- Tu parles qu'ils pleurent sa mort ! Ils doivent danser autour de feux de joie, plutôt ! Fit Andris avec une grimace de plaisir
- Et après ? Ils vont en mettre un autre à la place et tout continuera comme avant... fit Edina avec résignation.
- En tout cas, je ne veux plus que tu ailles servir ces rustres dans ce bar pourri !
- Et de quoi allons-nous vivre, mon cher Andris ? D'amour et d'eau fraiche ?
- D'amour, c'est possible, mais pour l'eau fraiche, il faudra d'abord faire fondre la

glace, fit il en retournant la bassine d'émail où la fine pellicule d'eau avait gelé pendant la nuit. Ils partirent ensemble d'un rire partagé.

Était-ce la mort du plus grand dictateur de l'après-guerre ou la découverte de ce talisman qui avait traversé deux guerres, quoi qu'il en soit, Andris fut engagé le jour même dans une équipe de sculpteurs qui devaient restaurer l'un des nombreux édifices gothiques qui émaillaient la ville. Edina put se consacrer toute entière à ses dessins. L'année se termina par un déménagement dans un appartement mieux situé, et surtout retenant la chaleur d'un chauffage central moderne. Tout semblait sourire à ce jeune couple dorénavant, excepté la situation politique du pays. Edina avait vu juste. On avait remplacé Staline à Moscou, et malgré les efforts d'Imre Nagy, premier ministre en place, qui tendait à prendre ses distances avec les soviétiques, la situation n'était pas digne d'une démocratie dont se targuait d'être le pays. Remarqué dans son travail, Andris gagna ses galons et se trouva bientôt responsable à part entière, d'un chantier situé dans une ville voisine. Il revenait toutes les deux semaines, tandis qu'Edina voyait ses premiers dessins publiés dans une revue d'art de Budapest. Elle y faisait des allers-retours deux à trois fois par mois. Andris conservait précieusement la lettre, dont il était évident qu'elle lui portait chance.

Au cours de l'année 1956, des tensions se font plus sérieuses, et le 23 octobre, une grande manifestation contre l'occupation soviétique du pays, a lieu à Budapest. Edina et Andris y participent un peu par hasard. Elle doit remettre quelques planches de dessins à la revue qui la publie et lui, travaille à la rénovation d'une chapelle du centre-ville. Leurs convictions les amènent à se joindre aux dix mille personnes qui déambulent par les rues de la capitale hongroise. Au plus fort du rassemblement, une statue de Staline est renversée. L'armée intervient mais, très vite, ils se rangent aux côtés des manifestants. Les soviétiques se retirent de Budapest et Nagy s'installe au pouvoir. Une semaine de liesse et de combats, organisés par des milices luttant contre l'Autorité de Protection de l'État et les troupes soviétiques encore en place. Des conseils improvisés se répandent dans toute la ville et luttent contre l'oppresseur. Finalement, à la fin du mois, l'annonce d'élections libres apaise les tensions.

Début novembre, le calme semble retrouvé, mais Nagy n'entend pas en rester là. Sous la pression de la rue, il déclare la neutralité de la Hongrie. C'est aller trop loin pour Moscou, qui envoie un millier de chars le 4 novembre. Pendant une nouvelle semaine de désordre, c'est la répression qui fait quelque 20 000 morts et presque autant de déportés. Edina et Andris faillirent en faire partie. Là encore, une bonne étoile les protège l'un et l'autre, toutefois, toujours aux premières loges des émeutes. Mais, Andris sait qu'il ne faut pas forcer le destin. Leur avenir n'est plus dans ce pays, il le sent, il le sait. C'est dans la confusion la plus totale qu'ils prennent le chemin de l'exil, en compagnie de bien d'autres, avec pour seul bagage deux valises chacun, ils gagnent tant bien que mal la frontière autrichienne qu'ils franchissent sans s'en rendre compte, au beau milieu de la nuit. Au petit matin, ils parviennent à une auberge où ils se reposent pour la première fois en trois jours. Ils sont exténués, sales, déguenillés, pareils à des vagabonds, qu'ils sont devenus par la force des événements, mais ils sont libres ! Ils respirent dans un pays où personne ne viendra leur chercher querelle. Andris se détend enfin et s'aperçoit avec horreur que sa lettre porte-bonheur a disparu. Impossible de savoir où et quand, il l'a égarée. Ces trois derniers jours ont été vécus dans l'affolement et la précipitation. Il n'est pas question de retourner en Hongrie, et pour chercher où ? De toute manière la pluie qui tombe depuis la veille risque bien de réduire en buvard une demi-feuille de papier de presque quarante ans. Andris le sait désormais, leur vie va être difficile sans ce talisman.

On retrouve trace du couple, marié avec deux enfants, quelque part dans la banlieue de Vienne, dans les années 70. Edina continue de gribouiller pour son seul plaisir, tout en travaillant dans une laiterie. Andris ne taille, ni ne sculpte aucune pierre noble, il est devenu agent municipal et se contente de ramasser les feuilles en automne, de tailler les arbres de la ville durant l'hiver et entretenir les jardins municipaux pendant le printemps et l'été. Ils vivent une petite vie modeste, regrettant amèrement leurs espoirs dilués dans un quotidien monotone.

Et la lettre ? Elle ne fut pas perdue pour tout le monde. Andris l'a certainement égarée pendant ces jours de révolte et de répression. Un soldat de l'armée russe la trouva et, sans en comprendre la moindre ligne, l'empocha machinalement. De retour en URSS, n'y attachant aucune espèce d'importance, il l'échangea contre une tablette de chocolat à un ami, pilote de son état, intrigué par cet écrit datant de la première guerre mondiale, et daté du jour de naissance de son grand frère. Vladimir, puisque tel est son nom, aime tuer le temps dans l'école militaire de pilotage Vorochilov située à Orenbourg, en jouant aux cartes. Les mises sont minimes, les futurs pilotes ne roulant pas sur l'or. C'est au cours d'une partie où il allait perdre jusqu'à sa chemise qu'il joua la lettre, et qu'un certain Youri empocha toute la mise. Youri était un apprenti pilote, doué. Son visage de bébé potelé cachait une ambition immense. Moins de deux ans plus tôt, à l'automne 1955, il avait abandonné ses études à l'institut de Saratov contre l'avis de son père, qui lui reprochait de gaspiller l'argent de l'état, bénéficiant d'une bourse d'études. Cependant son instructeur, impressionné par ses capacités, le recommande pour l'école militaire de pilotage Vorochilov d'Orenbourg. C'est là que nous retrouvons le petit prodige d'à peine 23 ans en train de rafler la mise dans le mess des officiers. Lui non plus ne comprend pas un seul mot de français, mais il sait d'instinct que cette lettre va lui porter chance. Et ça ne manque pas. Sa fiancée, Valentina Goriatcheva, rencontrée l'an passé, lors d'un bal d'étudiants, accepte de l'épouser fin octobre 1957, quelques semaines à peine avant qu'il n'obtienne son diplôme de pilote de chasse. L'avenir s'ouvre en grand pour le jeune homme. Il est affecté bien au nord, à quelques kilomètres de la frontière Norvégienne. Les conditions de vie y sont rudes, mais Youri sait qu'il va marquer son époque. En 1959, il a 25 ans et mesure 1 m 58. Grâce à ces critères, il est sélectionné pour le programme spatial soviétique. Tout ceci doit rester top secret, et Youri n'a pas le droit d'en parler, même à sa femme, qui vient de mettre au monde une petite Lena. Ces années-là restent dans l'esprit du jeune pilote des moments fabuleux.

Il régnait une émulation constructive entre les recrues. Lui-même était apprécié par ses collègues, tout à la fois sérieux et pouvant faire preuve d'un humour ravageur, dont il semblait s'excuser, après coup. Capable d'une capacité de concentration hors norme, de possibilités de calculs mathématiques dignes de champions, et d'une perception de son environnement aigüe, qui le distingue de ses camarades, il est un élément apprécié de ses supérieurs et respecté de ses camarades. Depuis qu'il est entré en possession de cette lettre porte-chance, tout semble lui sourire, sa vie a pris un grand coup d'accélérateur. Il aime ce qu'il fait, y prend du plaisir, et sait qu'il va conquérir d'autres espaces. Au fil des mois de cette longue préparation, mais précipitée par une concurrence féroce et impitoyable avec les américains, Youri passe avec succès les diverses épreuves, restant dans un groupe de plus en plus exigu. Des premiers 3000 pilotes sélectionnés pour leurs capacités à encaisser les nombreux G et leur pratique du terrain, il fait naturellement partie des 200 suivants, tous choisis pour leur jeune âge et leur petite taille.

Le général Kamanine préside une commission chargée de n'en garder que trois. Grigori Nelioubov, de loin le plus doué sur le plan technique, est toutefois considéré comme trop rebelle. Il finira par perdre sa licence de vol suite à des problèmes de boisson, et se suicidera en 1966. Guerman Titov semble le plus résistant physiquement et sera donc le candidat idéal pour un second voyage, plus long. De surcroit, les origines sociales modestes de Youri jouent pour lui. Il incarne à la perfection, l'idéal de l'égalité soviétique.

C'est une belle journée de printemps, juste un peu froide, à l'aube. Youri a passé une bonne nuit, à peine stressé par la pression qui s'exerce sur lui depuis qu'il a été désigné comme le dernier candidat pour une aventure que l'homme n'a encore jamais entreprit. Il parvient même à plaisanter lors du dernier briefing. A sept heures, on l'emmène sur les lieux du décollage, prévu peu après neuf heures. Le site est situé à une heure de route du centre de Baïkonour, petite ville du Kazakhstan, qui deviendra célèbre et sera symbole de cette conquête de l'espace dans les décennies à venir. Youri affiche un grand sourire lorsqu'il rejoint son module où le moindre geste est impossible, l'espace habitable se réduisant à 1,6 mètre cube. Il n'aura de toute manière, rien à faire puisque tout est automatisé et piloté depuis la base terrestre, par des techniciens de haute volée. Cette inaction frustrante ne l'affecte même pas, il sait qu'il représente son pays dans la plus grande aventure humaine jamais tentée. Même s'il est conscient de l'importance de l'enjeu, il n'en laisse rien paraitre, et lance un dernier salut de la main, comme s'il prenait l'Orient Express pour un voyage d'agrément. Si son espace n'est pas plus grand qu'un vulgaire placard à balais, Vostok 1, la fusée qui va le propulser là où jamais encore l'homme n'a mis le nez, est un monstre d'acier, incarnant toute la puissance de l'Union Soviétique parvenue à son sommet. Youri regarde une dernière fois les steppes qui s'étendent à l'infini. Peut-être en effet, est-ce la dernière fois qu'il voit la Terre. Cette éventualité lui traverse un instant l'esprit, mais il la chasse, en ayant une pensée pour sa femme et sa fille, tandis que sa main droite appuie doucement sur la poche intérieure de sa combinaison. La lettre française y est en sécurité. Il sait qu'en sa présence, il ne lui arrivera rien.

A 9h06, on amorce la mise à feu et le compte à rebours s'égrène dans la grande salle de contrôle de Baïkonour. Youri est violemment secoué maintenant, par toute la puissance de la technologie russe. Il ne peut s'empêcher de penser qu'il est assis sur une gigantesque bombe qui va, d'un instant à l'autre, le propulser dans l'espace... ou dans l'au-delà. Vostok 1 est maintenant en lévitation et gagne, mètre par mètre, de l'altitude. Les vibrations se font moins intenses, alors que la fusée prend de la vitesse.

Par le mince hublot, Youri voit les lieux du lancement se réduire jusqu'à ne plus distinguer les détails. Il observe alors une partie du

Kazakhstan, puis l'immensité de l'URSS qui s'éloigne peu à peu, tels des voyageurs oubliés, restés sur le quai. A la sortie de l'atmosphère, un dernier soubresaut manque de l'assommer, puis plus rien. La vision qu'il a devant lui maintenant est féérique. Il ne ressent plus l'impression de vitesse, comme s'il flottait sur un lac très calme. Plus rien ne bouge. La planète est sous lui maintenant, totalement ronde et d'une belle couleur bleue, agrémentée de larges bandes de nuages. Il n'a pas le loisir de poursuivre sa contemplation, un violent choc le plaque contre la paroi en acier. Le module vient d'être libéré de la fusée et propulsé dans l'espace. Il tournoie doucement sur lui-même en prenant de la vitesse, mais Youri n'en a aucune sensation. Il lui semble à nouveau flotter dans l'air, comme accroché à un parachute, sans la moindre brise pour le balloter. Le soleil apparait à chaque révolution, majestueuse boule totalement blanche, puisque plus aucune particule ne s'interpose entre ses yeux et l'astre brillant. Une certaine euphorie s'empare du valeureux pilote promu astronaute. Il est à cet instant même, le premier homme dans l'espace et il presse avec solennité la lettre porte-bonheur sur son cœur. Régulièrement, il prononce son signe d'appel

"Keap" (désignant un pin de Sibérie) pour rassurer la base que tout se passe bien. Il entame son tour de la Terre qui va durer une heure quarante. Brusquement, il est à nouveau projeté contre la paroi d'acier, comme si quelqu'un avait appuyé férocement sur les freins. Et c'est exactement ce qu'il se passe. On s'est aperçu que le module avait été dirigé vers une orbite trop longue et, sans l'action du module de rétro freinage, Youri aurait mis une journée entière, voire une semaine ou davantage à exécuter son tour du monde.

Même dans ses missions d'entrainement, Youri n'a jamais atteint de tels sommets, mais il regrette un peu ses prouesses en avion de chasse. L'éloignement de tout, rend cette allure de boulet de canon totalement inepte, il a l'impression de se mouvoir au ralenti, comme lorsqu'il roule sur les autoroutes désertes pied au plancher. Mieux, c'est la Terre qui semble effectuer sa rotation sous ses pieds. Une heure quarante passe très vite, lorsqu'on découvre pour la première fois de nouvelles perspectives. La base l'informe que son entrée dans l'atmosphère ne va plus tarder et Youri presse davantage la lettre sur sa poitrine, il va en avoir besoin. Il sait parfaitement qu'à cette vitesse vertigineuse, le frottement des molécules d'air va échauffer la capsule, peut-être la carboniser totalement, tout du moins le balloter comme du linge sale dans une machine à laver moderne. Il jette un dernier regard vers cet espace infini et contracte instinctivement ses abdominaux lorsque les premières turbulences se font sentir. C'est pire que ce qu'il avait imaginé, bien au-delà des sensations éprouvées lors des nombreux tests et mises en situations subies à l'entrainement. Mais Youri n'a pas trente ans et jouit d'une forme olympique. Aux commandes de ses chasseurs, il a déjà enduré des conditions s'approchant de ce remue-ménage infernal. Cependant, ce retour le met à mal. Il ne sait pas encore qu'un problème est survenu : le module de service ne parvenant pas à se séparer du module de rentrée, la capsule chauffe à blanc, tandis qu'un observateur minutieux pourrait aisément voir cette lueur dans le ciel, pareille à une étoile filante. Youri est une étoile filante qui traverse l'atmosphère comme un obus. Il sait qu'il doit déclencher un processus particulier vers 8000 mètres. Il n'est pas question de rester dans la capsule, même si les autorités soviétiques prétendront le contraire jusqu'à l'ouverture des archives, trente ans plus tard, lors d'une Perestroïka inimaginable, au début des années 60.

Alors qu'il peut désormais distinguer quelques détails à la surface de la Terre, Youri presse de toutes ses forces un large bouton rouge sur sa gauche. Rien ne se passe. A peine affolé, il se contorsionne et donne un violent coup de pied sur le poussoir. La capsule explose et libère un parachute aussi rond qu'un champignon. Youri est à 7000 mètres d'altitude et remarque un large fleuve sous ses pieds. Il atterrira quelques instants plus tard, à peine marqué, tout juste un brin essoufflé, sur les bords de la Volga, non loin de la ville de Saratov, à 700 km au sud de Moscou. Il vient tout juste de plier son parachute lorsqu'une demi-douzaine de véhicules de l'armée fait son apparition. Un reporter officiel immortalise le retour du premier homme à avoir été dans l'espace. Le lendemain, la photo fera la Une de tous les journaux, Pravda en tête, mais aussi de tous les quotidiens du monde libre. Son visage de Tintin rayonne sur le cliché, tandis que sa main droite est posée sur sa poitrine, là où se trouve encore la lettre. Les autorités soviétiques jubilent. Cette fois, ce n'est plus ni un vulgaire Sputnik, ni une Laïka de cirque qu'on a propulsé dans le cosmos.

De l'autre côté du monde, au Pentagone, on fulmine. A la Maison Blanche, on serre les dents. Le 25 mai suivant, John Kennedy annonce, le regard ambitieux et la voix ferme :

– D'ici la fin de cette décennie, un homme marchera sur la Lune et plantera le drapeau américain à sa surface. Je vous le promets !

Malheureusement pour lui, le Président ne verra pas cette prophétie se réaliser. Pas plus que Youri Gagarine, qui se tuera dans un accident à l'entrainement, un an plus tôt. En revanche, la lettre sera du voyage. Mais n'anticipons pas… De retour à Moscou, Gagarine est fêté en héros, reçoit tous les honneurs dus à sa prouesse spatiale. Il multiplie les réceptions où l'on convie la presse internationale et les ambassadeurs du monde capitaliste, pour bien asseoir la suprématie de l'empire soviétique en ce qui concerne la haute technologie.
Un soir d'août 1961, Youri s'apprête à regagner son logement de fonction dans la banlieue de Moscou. Il vient de déposer sa mallette sur le siège avant et déposer son veston par-dessus, lorsqu'il est interpellé par une voix dans son dos.

Il reconnait un attaché d'ambassade avec lequel il a fraternisé, et qui veut l'entretenir d'un point précis. Il s'avance donc sur le trottoir et, après une rapide poignée de main, écoute patiemment les quelques phrases que le haut fonctionnaire lui communique. Un crissement de pneus le fait se retourner. La berline démarre en trombe dans la rue déserte. Il reste là, sur le trottoir, sans comprendre. On vient de lui dérober sa voiture de fonction, et déjà deux véhicules, des Tchaïka 13, noires, les mêmes utilisées par le KGB, sont à sa poursuite. Connaissant l'acharnement du service secret soviétique, Youri n'a aucune angoisse, au petit matin, sa voiture lui sera certainement rendue. Mais les hommes du KGB sont méticuleux, ils vont forcément tomber sur la lettre glissée dans son veston. Que peut faire un héros national avec des lignes tracées en Français dans la poche intérieure de sa veste ? Gagarine ne reverra jamais ni son veston, ni la lettre qui lui a tellement porté bonheur.

L'homme qui vient de lui voler sa voiture quasiment sous ses yeux, se fait appeler Arthur Bromstein. Il représente un important industriel allemand, spécialisé dans l'aéronautique. Il jouit d'un visa valable trois mois, afin de nouer des contacts en vue d'une collaboration future.

C'est un commercial rompu à toutes les
manigances du marché, diaboliquement efficace
en affaires et d'un niveau technique imparable.
En quelques semaines, il a établi plusieurs
dizaines de relations avec des industriels russes
qui espèrent ainsi développer leurs activités au-
delà du récent mur qui sépare l'Europe de l'ouest
du bloc soviétique. En réalité, Arthur Bromstein
s'appelle Gunther Schweiss. Il est bien citoyen
allemand et s'il a un talent, c'est celui de savoir
infiltrer les sociétés et les entreprises, dans le but
de collecter des renseignements précieux pour
leurs concurrents. Oui, Gunther est un espion.
Cela dit, et malgré le fait que nous sommes au
début des années 60, en pleine guerre froide, il
ne faut pas aller s'imaginer un surhomme, façon
héros à la Ian Fleming, ni une tête brûlée capable
de semer le chaos sur son passage. Les qualités
d'agent de renseignement sont justement une
discrétion confinant à l'absence, un physique
commun et parfaitement rassurant, et une
sympathie naturelle qui a pour objet de faire
fondre les barrières de la prudence à tout
interlocuteur. Gunther est un spécialiste, il a
travaillé pour plusieurs grandes entreprises
allemandes, récoltant des informations précises
sur les avancées de leurs concurrents.

Cette fois, c'est le gouvernement américain qui l'emploie. Il est chargé de prendre des contacts avec quelques-uns des ingénieurs russes travaillant sur les projets de voyage dans l'espace. Ensuite, d'autres agents, plus techniques ceux-là, ingénieurs ou professeurs, viendront en terrain conquis et jalonné. Gunther n'a pas d'état d'âme, il n'est pas, contrairement à ceux qui l'emploient, un anti-communiste avéré, et il sait très bien que les soviétiques oeuvrent dans la même optique, au-delà du rideau de fer.

Le monde moderne n'est qu'espionnage industriel, vol de brevets, intimidation et pots de vins. Tout cela s'équilibre très bien, en fin de compte. Mais tout agent n'en reste pas moins humain, et ce soir, Gunther a voulu forcer sa chance, étant donné que sa mission patine depuis quelques semaines et qu'il doit impérativement rentrer la semaine prochaine avec du grain à moudre pour ses interlocuteurs de la CIA. Son code de l'honneur et la substantifique prime qui doit accompagner sa réussite, l'ont poussé à ouvrir une porte et quelques tiroirs qu'il n'aurait pas dû, du moins ne devait-il pas être découvert. On a sonné l'alarme à deux pâtés de maisons de l'immeuble où se donnait la réception à laquelle Gagarine était le plus prestigieux invité. A partir de là, tout se déclenche et s'enchaine comme dans un véritable film d'espionnage, chose qui ne doit jamais, au grand jamais, arriver dans la vraie vie. Les James Bond n'existent qu'au cinéma.

Pris sur le fait, Gunther bouscule les deux témoins de son effraction, dévale à toutes jambes les quatre étages et se trouve ainsi dans une rue déserte. Derrière lui, l'alerte est aussitôt donnée. Il n'a pas parcouru un kilomètre que deux grosses berlines noires font crisser leurs pneus comme dans un polar, avec Bogart en vedette. Il tente de se cacher quelque part, mais il sait très bien que sa seule issue reste la fuite. Une voiture était arrêtée à cent mètres devant lui, la portière entrouverte et deux hommes discutant à quelques pas. Sans hésiter, il s'avance nonchalamment et plonge dans l'habitacle, démarre au quart de tour et se trouve propulsé dans une course poursuite digne des films noirs qu'Hollywood sait très bien mettre en scène. Il ne lui manque que le chapeau d'Humphrey pour que la scène soit sans raccord. Rompu à toutes les situations d'urgence, Gunther a tôt fait de semer ses poursuivants, sachant très bien que le meilleur moyen de passer inaperçu est encore de se débarrasser de la voiture. A quelques encablures de Moscou, il attrape le manteau jeté sur le siège avant et s'enfonce dans la nuit, à pied. Aucun coup de feu n'a été tiré pendant la course poursuite. Il n'y eut aucun bris de glace, ni de carambolages vigoureux et spectaculaires. Pour sûr, les scénaristes d'Hollywood auraient forcé sur le sensationnel. La vie est toujours plus décevante que le septième art...

Mais, les services secrets russes n'entendent pas lâcher le morceau aussi facilement. Gunther sait très bien qu'il ne sera tiré d'affaire qu'une fois la frontière franchie, et pas n'importe quelle frontière. Depuis dix ans, les satellites de l'URSS poussent comme une éclosion de champignons en Europe de l'est. Le plus simple est de gagner la Finlande. Son périple va donc durer trois jours et tout autant de nuits glaciales. Planqué dans un camion transportant des sacs de ciment, empruntant une camionnette de paysan, roulant même à vélo sur une portion de route gelée, il parvient, les traits tirés et le ventre vide, à quelques hectomètres de la frontière. Il devine que son portrait doit être affiché dans tous les bureaux de douane du pays, ce qui lui avait interdit toute velléité de recourir à l'avion. Patientant jusqu'à la prochaine nuit, encore plus glaciale, pour sortir d'un fourré qui lui servait de cachette, il s'embourbe dans un marais, où il manque d'y rester pour de bon. Cependant, au petit jour, il parvient à une ferme à moitié en ruines, mais qui lui semble le comble du confort et de la douceur de vivre. Ses occupants sont deux frères qui tentent de cultiver la terre ingrate sur laquelle ils sont nés. Ils n'ont jamais pensé émigrer. On n'a pas de telles idées par ici, on s'accommode de ce que le ciel ou le hasard, peu importe, nous a donné en héritage. Gunther a de la chance. Depuis que les deux frères ont perdu leur ainé, tué par des soldats russes pendant la guerre, ils ne portent pas les soviétiques dans leur cœur.

Gunther est très doué pour les relations publiques, qu'elles se situent dans les salons feutrés d'ambassades sentencieuses, dans les couloirs d'administrations lugubres et froides, au sein de laboratoires hi-tech ou, tout simplement, vis-à-vis des gens de la rue et de la campagne. Il sympathise facilement avec les deux frères, lui ne parlant pas un mot de Finlandais et eux ne comprenant ni l'Anglais, ni l'Allemand, et se refusant à parler Russe. Helsinki n'est pas la porte à côté, mais les deux frères comprennent que l'étranger qui vient de débarquer visiblement de la frontière russe a quelques démêlées avec les autorités soviétiques. En vertu du principe qui veut que les ennemis de mes ennemis soient mes amis, il est convenu qu'un des frères ira l'accompagner jusqu'à la capitale, dans une vieille bétaillère qui semble sur le point de de disloquer à chaque virage. Jamais encore, l'un des deux frères n'avait fait un aussi long voyage, ne s'était éloigné aussi loin de la ferme familiale. Au moment de se quitter, l'homme pose sa lourde paluche sur l'épaule et, la voix pleine d'émotion, lui souhaita bonne chance.

Une fois embarqué, Gunther mesure le chemin parcouru depuis quatre jours. La découverte de plans top secret, sa fuite mouvementée dans la banlieue de Moscou, son errance plein nord dans la peur et le froid, sa traversée de la frontière en pleine nuit noire, l'accueil de ces deux frères et leurs adieux remplis de non-dits. Il plonge machinalement sa main dans la poche du manteau récupéré sur le siège avant de la voiture. Les quelques mots de la lettre, écrits en Français dansent un moment devant ses yeux, et il s'assoupi comme une masse. Il ne se réveille qu'au moment de l'atterrissage à Berlin. Encore abasourdi par les événements récents, il monte dans un taxi comme par réflexe, et donne une adresse qui lui semble étrangère. C'est pourtant à son appartement qu'il se rend. La société d'import-export qui sert de couverture pour l'Organisation, n'ouvre qu'à huit heures. Les rues sont désertes, le jour pointe à peine, mais son regard est attiré par d'étranges lumières qui s'étendent sur plusieurs centaines de mètres. Devant son étonnement, le chauffeur l'informe :

– Depuis hier soir, ils sont en train de poser des barbelés et construire un mur.
– Un mur ? Comment ça, un mur ?
– Ben ouais. Une saloperie de mur qu'ils ont dit. Il doit séparer Berlin en deux. D'un côté le monde libre, de l'autre ces putains de ruskofs !

Gunther avait entendu parler d'un pareil projet. Fermer toutes les frontières de l'est et couper Berlin en deux secteurs, pour bien marquer la bipolarité du monde. Il donne un large pourboire au chauffeur et grimpe les trois étages de son immeuble tel un zombie. Ici pourtant, rien n'a changé. C'est un petit studio loué à l'année pour lui, par l'Agence. Plus pratique et discret que de descendre à l'hôtel. Il n'a que le temps de prendre une douche, de mettre de l'ordre dans les papiers récoltés et les microfilms, puis de revêtir une tenue appropriée. Il est déjà 7 h 50. Au moment de sortir, il se ravise, fouille la poche du manteau volé et attrape la lettre. Jusque-là, elle lui a été d'un miraculeux secours, et même s'il ne risque plus pour sa vie de ce côté-ci du nouveau mur en construction, il a le sentiment qu'il faut absolument qu'il la porte en permanence sur lui. Vieille superstition hérité du fond des âges, réflexe infantile, béquille psychologique, peu importe.

Ce sont de discrets bureaux situés "Frankenberg Strasse". Un hall d'entrée, juste un sas, puis une première pièce où il a plaisir à retrouver fraulein Zückermann, sorte de Money Peny, bavaroise bien en chair d'à peine 35 ans. Ses parents ont été jugés lors des procès de Nuremberg et exécutés dans la foulée. Ingrid a dû s'imaginer être en dette de quelque chose, effacer la honte d'un passé qui colle encore à une Allemagne qui se reconstruit lentement. Après quelques phrases à peine ironiques qui cachent si bien le plaisir qu'ils ont à se revoir, il est invité à passer dans la seconde pièce. C'est un bureau à l'ancienne, tel qu'il devait déjà exister il y a cent ans. D'antiques bibelots, des toiles représentant des scènes de batailles ou des portraits en pied d'empereurs oubliés, une bibliothèque qui recèle surement quelques éditions originales, et un bureau Louis XV sur lequel s'entasse des dossiers, derrière lesquels apparait le Major Dieter Von Riebenfolk.

– Quel bonheur de vous revoir, Gunther !

Les deux hommes échangent une poignée de main vigoureuse. Von Riebenfolk a l'âge d'être son père, il a traversé la seconde guerre comme officier dans la Wermacht et, à la libération, fut promu au sein des services secrets rattachés à la couronne britannique.

– J'ai appris votre départ… quelque peu précipité. Londres n'a pas beaucoup apprécié, je peux vous le dire. Vous êtes conscient que vous êtes désormais grillé au-delà de ce satané mur ?

Gunther se tait. Il sait qu'il a mal agi. Pour toute réponse, il tend un dossier constitué des papiers volés, tout en prononçant d'une voix égale :

– Le texte…

Il répand alors une poignée de microfilms sur le bureau en acajou.

–   … Et les images.

Von Riebenfolk passe deux ou trois coups de fils. Son anglais est massacré par un accent millénaire. Enfin, il se tourne vers l'agent Schweiss, sa nouvelle identité comme l'atteste le passeport que lui tend machinalement son supérieur, en laissant tomber cette seule et unique phrase en guise d'au-revoir :

–   Vous partez cet après-midi pour Hambourg, mon cher.

Dans le train qui l'emmène au nord du pays, Gunther pense à sa vie future. Von Riebenfolk n'a rien voulu lui communiquer de ses échanges avec Londres. Peut-être a-t-il eu quelque grand ponte de la CIA ? Va-t-il être rétrogradé ? Licencié ? Quelque part, il sait pourtant que les documents qu'il vient de remettre valent de l'or, il l'a vu dans l'œil du major. Et ce départ soudain. Que faut-il en déduire ?
Ce 13 août s'achève lorsqu'il descend en gare de Hamburg. Un planton s'avance avec une

pancarte où il est écrit "Mr Schweiss". Sans dire un mot, il l'accompagne jusqu'à une imposante berline garée sur le trottoir. A l'intérieur, deux hommes. Leur allure et leur accent les trahissent comme s'ils tendaient leurs passeports : Des américains, travaillant inévitablement pour la CIA. Passé les présentations inutiles, Gunther sait par expérience que les noms prononcés sont forcément faux, on évoque quelques banalités sur le temps qu'il fait, les charmes de la Baltique baignant le nord du pays, et quelques clubs du centre-ville.

> – On vous emmène au "Star Club". C'est un endroit à la mode, ça va et ça vient, une foule de jeunes qui se cherchent. Idéal pour parler.

Lorsqu'ils pénètrent dans la petite taverne, Gunther prend de plein fouet une atmosphère embuée par la fumée de cigarettes et un brouhaha ambiant. Les trois hommes se fraient un chemin jusqu'à une petite table, la seule encore libre de tout l'établissement. Sur scène, un colosse procède aux divers branchements de guitares électriques sur des amplis tournés face au public. Il règle les derniers détails. Un de ces derniers groupes à la mode s'apprête à faire son entrée.

Gunther détaille ses deux interlocuteurs. Le plus grand des deux dépasse le mètre quatre-vingt-dix, porte un costume de bonne coupe, une paire de chaussures équivalent à un salaire mensuel moyen, et un chapeau de feutre gris qu'il a laissé au vestiaire, comme s'il confiait un animal de compagnie cher à ses yeux. Il a un visage carré, une mâchoire proéminente capable de réduire en miettes un quignon de pain rassis en moins de deux, des yeux si clairs qu'ils en deviennent par moments transparents, le cheveu court et légèrement gominé et un cou massif, seule note discordante dans ce portrait de l'américain typique des années cinquante : volontaire et ambitieux.

Son collègue est à peine plus petit, le teint hâlé, le nez moins aquilin, le visage plus rond, le menton fuyant, surement un fils d'immigré italien. Ses vêtements, pourtant propres et coûteux, lui accordent moins de distinction qu'à son camarade, il a d'ailleurs abandonné son chapeau sans y attacher la moindre importance. L'élégance n'est pas seulement le raffinement des vêtements, mais surtout la manière de les porter et d'en prendre soin. Gunther sait remarquer ses choses. Il peut, d'un seul regard, juger un homme par son comportement au quotidien, les gestes qu'il fait malgré lui. Il peut lire à livre ouvert dans chaque individu. Ainsi, il a bien saisi que l'homme le plus important du duo est l'élégant à la mâchoire carrée, surement son supérieur, mais que c'est le rital qui va s'exprimer.

Il fait une chaleur de tropiques à l'intérieur du club bas de plafond. Gunther pose sa veste, imité aussitôt par l'italien. Son collègue garde la sienne, il ne transpire même pas. Gunther pense immédiatement à un article découvert il y a trois mois sur les prouesses futures des robots humanisés. Nul doute qu'il a en face de lui un beau prototype. L'homme qui a pris et garde la parole, lui renouvelle ses félicitations. Malgré un rapatriement peu digne du code des agents de renseignement, ses plans et dossiers ont grandement plu en haut lieu. Une armée de spécialistes, décrypteurs et techniciens, travaille déjà sur les informations, des microfilms. L'homme lui pose une main sur l'épaule et, se penchant sur la petite table, lui murmure qu'il est question d'une promotion. C'est pour le moment officieux, mais il lui tend un billet d'avion de sa main libre. Il est convoqué mardi prochain à Washington, au quartier général.

- Un coup comme ça, on en rêve toute sa vie et on ne l'obtient quasiment jamais. Bravo, monsieur l'agent spécial, attaché aux renseignements.

Gunther n'arrive pas encore à bien s'imaginer les conséquences sur sa vie future, d'autant que quatre adolescents viennent de faire leur entrée sur scène. Sur la batterie un nom est peint en lettres noires : "les Coléoptères". Avec un nom pareil, ils n'ont pas la moindre chance de succès, s'avoue machinalement Gunther. Un grand dadais commence à taper comme un forcené sur sa batterie comme s'il voulait lui régler son compte. Un petit gars timide tient sa guitare comme si c'était sa bonne amie, et c'est peut-être bien le cas. Un fils de bonne famille qu'on imaginerait mieux en costard cravate, qu'attifé de ce blouson noir conventionnel dans ce milieu, s'empare du micro et hurle quelques paroles sans intérêt. Gunther qui n'a jamais goûté aux mérites du Rock'n'Roll, pense que sa voix serait plus appropriée à fredonner quelques belles ballades. Le quatrième s'applique à gratter sa guitare et se tient en retrait. Bientôt, il se joindra à son complice. Il a l'air d'un contestataire avec son visage faisant penser à la lune. Une face d'ange dissimulant des envies de contestation, des velléités de protestation, des ambitions rebelles. Si le groupe a un leader, c'est bien lui.

Pris d'une soudaine envie d'uriner, Gunther se dirige vers les toilettes, un réduit exigu situé au second sous-sol, la boite étant déjà situé sous le niveau de la rue. Sa tête lui tourne. Il ne parvient pas à imaginer sa vie future, surement dans la capitale américaine à signer des bordereaux, à organiser des missions, à contrôler un réseau de renseignement. Une promotion ne se refuse pas, mais il regrette déjà ce travail de terrain, une vie d'aventure où les lendemains ne sont jamais prévisibles. Là, devant son reflet qui lui fait face, qui semble l'accuser, il repense à sa vie. Dissolue, serait un bon adjectif pour la qualifier. Sa vie lui fait penser à ces cigarettes qui partent en fumée. Né aux pires heures du nazisme, il a grandi dans une banlieue de Cologne, fils unique d'une famille modeste. Il se souvient des petits drapeaux rouge et noir à la croix gammée qui s'agitaient aux fenêtres. Même si ses parents n'adhéraient pas vraiment aux thèses du Führer, ils faisaient comme tout le monde, ils donnaient le change. Pas de place pour les opposants dans cette Allemagne flambant neuve, mais qui craquelait déjà de tous côtés, bien avant qu'un conflit n'allait emporter toute l'Europe dans le chaos. Ce fut des années noires. Il fallait payer l'addition, même pour ceux qui n'avaient pas réellement profité du régime nazi, surtout eux. Alors, Gunther, là devant le miroir de cette boite de nuit, au fond d'un sous-sol de Hambourg, s'imagine avoir vécu une autre vie, plus exaltante, plus facile… Être né de l'autre côté de l'Atlantique, avoir eu la chance de ne jamais connaitre le malheur, ni les privations dont ont été victimes les européens. Né à l'époque de la prohibition, grandi en écoutant la guerre à la radio, un poste massif posé sur un meuble en rotin dans le vaste salon familial, plus tard remplacé par la télévision. Un père vendeur de voitures qui gravissait, année après année, tous les échelons dans un garage imposant au sortir de la ville, concessionnaire Buick et Cadillac, des merveilles chromées rutilantes sous le soleil du Massachusetts, une mère toujours présente à préparer de bons petits plats et à tenir la maison. Fils unique dans une Amérique prospère, l'école au coin de la rue. Plus tard, le collège à l'autre bout de la ville, puis l'université, des études de droit, forcément, ouvrant une voie royale sur une situation enviée. La fierté de ses parents. Des examens empochés avec de belles mentions, un poste de quarterback dans l'équipe universitaire de football, une petite amie attitrée, une vie dorée, sans accrocs. Puis, deux années dans l'armée. Prestige de l'uniforme. Conquêtes faciles. Il aimait bien cette ambiance, cet ordre hiérarchique, ces mises en scène lors de défilés, de présentation. Il avait signé pour deux ans de plus, muté dans un service rattaché aux services de renseignements.

La guerre froide battait son plein. Le monde était divisé en deux. D'un côté les bons américains aux réfrigérateurs immenses et bondés de nourriture roborative, une Chevrolet démesurée garée sur la pelouse devant un pavillon aux dimensions pharaoniques. Tout était plus grand en Amérique... De l'autre, la grisaille et les privations du communisme. Une existence terne et morne, l'impossibilité d'une vraie ambition. Des hommes comme des pions. Mais Gunther avait vu le jour au cœur de l'Allemagne, dans une Europe qui se délitait lentement puis, très brutalement, au milieu des années quarante. Son père cordonnier, sa mère employée de commerce, une enfance pas malheureuse pour autant. On ne peut regretter ce que l'on ne connait pas. Puis, les études, ternes, sans envie, des examens empochés de justesse. Un diplôme de droit qui lui avait ouvert les portes d'une agence d'avocats. Il travaillait dans l'ombre. Jamais il ne porterait la robe, ni ne se lancerait dans des plaidoiries retentissantes. Il imaginait autre chose de sa vie, alors. Il ne savait pas quoi au juste, mais surement pas d'être un gratte-papier obscur, rencontrer une gentille fille et fonder une famille sans âme. Alors, en marge de cet emploi de sous-fifre, il multipliait les sorties avec ses copains, une jeunesse qui voulait à tout prix oublier les privations, puis la honte de l'après-guerre dans des clubs de jazz. Il collectionnait les petites amies, aventures sans lendemain. Et au final, qu'avait-il construit ? Rien, ou pas grand-chose. Et cette rencontre inopinée avec un agent des services secrets américains, à l'aube, devant la sortie d'un club où s'échappaient encore quelques accords de piano et où mourraient les sons du saxophone sur le coup de quatre heures du matin.

Le bureau de l'Intelligence Service était à la recherche de jeunes allemands ayant une bonne éducation, mais pouvant se fondre facilement dans la foule. Gunther avait été choisi, avait effectué une formation poussée pendant six mois dans un camp d'entrainement, non loin de Londres. Depuis, il travaillait pour le bureau anglais d'une succursale qui dépendait de la CIA, sans que cela se sache. Les premières années, on ne lui confia que des tâches subalternes, et il ne voyait pas tellement de différence avec son rôle de gratte-papier dans le cabinet d'avocats de Cologne. Puis, sa première vraie mission en Tchécoslovaquie, du travail propre, discret, professionnel. Dès lors, on lui avait accordé la confiance. Aujourd'hui, presque dix ans après cette rencontre insolite à l'aube, sur le seuil d'une boite de jazz, il mesurait le chemin parcouru. Mais était-il heureux ? Sa vie privée était un néant composé d'une multitude de noms, de prénoms, rapidement oubliés. Rien de concret. Alors, émigrer aux États-Unis, ce pays rêvé et imaginaire, pourquoi pas ?

Lorsqu'il revient dans la salle enfumée, il constate que trois verres d'alcool fort entourent une bouteille difficilement identifiable sur la table, où son interlocuteur tape en rythme de la paume de la main et se déhanche diaboliquement, tandis que son collègue reste de marbre. Il faut dire que le quatuor se déchaine à présent sur scène dans une reprise de Tutti Frutti.

N'y tenant plus, l'italien se lève au moment même où un serveur fait un écart pour éviter un couple ne marchant plus très droit. L'agent de la CIA s'étale entre la chaise inoccupée de Gunther, et la table, envoyant les trois verres au sol, tandis que l'homme de marbre réussit à s'emparer de la bouteille de schnaps. Le serveur, certainement habitué à ce genre de rodéo, ne renverse pas la moindre goute dans les verres en équilibre sur son plateau. Avec force excuses, il se met en devoir de relever les deux chaises à terre, épousseter machinalement les vestes tombées, changer les verres et offrir une nouvelle bouteille aux hommes qui reprennent place autour de la minuscule table, n'échangeant pas un mot, tout en regardant leur collègue se dandiner à deux pas, tel un pantin désarticulé. Personne ne s'est aperçu qu'un rectangle de vieux papier vient de s'échapper de la poche droite de la veste de Gunther. Les trois hommes quittent le club une demi-heure plus tard. L'italo en sueur, des pans de sa chemise sortis du pantalon, encore essoufflé par sa prestation, son comparse aussi strict et impassible qu'un gardien de Buckingham Palace, et Gunther, des rêves de grandeur américaine plein la tête.

A deux heures du matin, Birgit passe un coup de balais entre les tables qu'elle vient méticuleusement de nettoyer, les chaises retournées les pieds en l'air comme des quadrupèdes saisis par le froid.

> – Quelqu'un sait lire du Français par ici ? Lance-t-elle soudain, tandis que deux retardataires s'attardent au bar et que les quatre anglais trainent leurs instruments.

Celui qui s'appelle Paul hoche la tête. Birgit lui tend le bout de papier et, après y avoir jeté un rapide regard, il l'empoche d'un geste las. C'est la seconde fois que le groupe joue à Hamburg, cet été 1961. Ils y reviendront à deux reprises l'année suivante. Dans l'avion qui les ramène à Liverpool, Paul discute avec John, son ami d'enfance, avec lequel il avait fondé un groupe de rock'n'roll à la fin des années 50, les "Quarrymen", les Excavateurs. Ils avaient changé de nom, jouant avec les mots "rythme" et "scarabée", recruté un bassiste, acceptés ces contrats en Allemagne où le bassiste les avait quitté, préférant les charmes d'une photographe qui suivait le groupe. Stuart Sutcliffe ne savait pas jouer, tournant le dos au public le plus souvent pour camoufler le subterfuge, sa guitare n'était même pas branchée. Il succombera à une congestion cérébrale au début de l'année suivante. Qu'à cela ne tienne, puisque George acceptait de prendre sa place, laissant le soin aux seuls John et Paul de tenir le rôle de guitariste de premier plan. Restait le problème du batteur. Pete Best n'était pas un mauvais musicien, mais il avait deux défauts aux yeux de John et Paul : il était souvent absent ou malade lors des concerts à Hamburg, et il plaisait trop aux filles. Un gars timide qui jouait dans un autre groupe venait prendre sa place lorsque Pete était aux abonnés absents. Dès l'été suivant, Ringo Starkey deviendra titulaire.

Paul ne sait pas pourquoi, mais cette lettre semble leur porter bonheur. A John qui l'enjoignait de la froisser et la jeter dans la première poubelle venue, il rétorqua que c'était peut-être un signe. N'avaient-ils pas signé un contrat avec la prestigieuse maison de disques "Emi" en ce début d'année 1962, et fait la rencontre importante avec Brian, leur producteur. C'est lui qui changea radicalement leur look de petits loulous des banlieues.

- Porter un costard et une cravate ? Ça va pas, non ! On est un groupe de rock'n'roll, putain !
- Justement ! Tous les groupes ont le même look, bottes, jeans, blousons de cuir, bananes... Tiens, il faudra aussi revoir vos coupes de cheveux les gars. Vous vous targuez d'être différents, montrez-le ! Et puis, vous faites de la pop, pas du rock !

C'est en fils de bonne famille que les quatre de Liverpool apparaissent dans la petite lucarne télévisée à l'automne 1962. Leur chanson, *"Love me do"*, ritournelle sentimentale, entre dans le Hit-Parade national quelques semaines après avoir été enregistré au début du mois de septembre. C'est un petit succès, mais Paul tient bien serré contre lui, dans sa veste cintrée, la demi-feuille de papier. Ces fameux coléoptères vont bourdonner le restant de la décennie autour du vaste monde, et John, un soir de 1966, lors d'une interview à la télévision américaine, va choquer cette nation puritaine et catholique en prétendant qu'ils sont plus connus que le Christ. C'est pourtant la vérité. Partout où ils débarquent, c'est l'hystérie collective.

Leurs disques s'arrachent dès leur parution, on ne les entend même plus pendant les concerts, leurs accords pop submergés par les cris des jeunes filles surexcitées, couvrant le son de leurs amplis, pourtant poussés au maximum. Des attroupements de fans accompagnent tous leurs déplacements en une kyrielle de bousculades et de délire collectif. Au printemps 1964, ils deviennent les premiers (et certainement les derniers) artistes à placer quatre chansons aux quatre premières places du sacro-saint Hit-Parade américain, le "Billboard". Une bande dessinée voit le jour, ils tournent un film en s'amusant comme des petits fous. Tout ce qu'ils touchent se transforme en or. Il est particulièrement surprenant que, durant toute cette liesse, ces tumultes, ces chahuts, voire ces émeutes, Paul n'ait jamais égaré la lettre. Il y tient comme à la prunelle de ses yeux, la rendant responsable de toute leur réussite démesurée.

Le 27 août 1965, le groupe est reçu dans la villa privée d'Elvis Presley, à Bel Air, Californie. Le King et les "Fab Four", les deux plus grandes vedettes de cette décennie où tout va changer, se rencontrent enfin. Les rares invités sont triés sur le volet et savent se tenir. L'un d'entre eux est un pilote émérite de l'armée de l'air américaine, ayant fait la guerre de Corée, où il s'est distingué lors de 66 missions de combat. Une photo prise par la caméra de bord de son avion lors d'une victoire, montrant un pilote russe s'éjectant, a été même publiée dans le prestigieux magazine "Life". Diplômé du MIT, d'un doctorat en sciences astronautiques, il est affecté au "Gemini Target Office" dans la division des systèmes spatiaux de l'Armée de l'Air à Los Angeles. Personne ne le sait encore, excepté les grands pontes de l'armée, ce programme sert de base aux futures missions Apollo. Autant dire qu'Edwin Eugene Aldrin que ses collègues et supérieurs ont déjà surnommé Buzz, n'a pas une minute à lui. Pourtant, en grand fan du King, il est parvenu à obtenir une invitation pour cette soirée qui va changer sa vie. On pouvait raisonnablement s'attendre à ce genre de sauterie, où tous les superlatifs sont de rigueur : champagne coulant à flots, piscine, jeunes et jolies filles lascivement allongées sur des canapés moelleux, caviar et homard à volonté et tous les alcools du monde, préparés en de savants cocktails par les meilleurs barmen du moment. Rien de tout ça ici. En réalité, Elvis aime à goûter une certaine tranquillité en privé, loin de tous les tapages des concerts et de l'effervescence des tournées de promotion. Les quatre de Liverpool partagent les mêmes soucis, et la soirée baigne dans une ambiance feutrée et discrète. Aucun tapage, ni sonore, ni visuel n'est de rigueur. Pas un seul journaliste n'a été invité. Aldrin en est même quelque peu déçu, avant de s'avouer qu'une soirée très rock'n' roll lui aurait fortement déplu. Seule la forte chaleur qui règne dans l'immense salon lui tourne un peu la tête. Il décide d'aller faire quelques pas dans le parc, somptueux à cette heure de la nuit. Il regarde les étoiles, rêveur, il sait que l'année prochaine sera décisive pour sa carrière. Bien sûr, il adore son boulot de pilote de chasse et ne donnerait rien au monde pour en changer, mais l'espace semble l'inviter à venir lui rendre visite, ce soir. Perdu dans la contemplation d'un ciel pur, et égaré dans ses pensées, il manque de trébucher sur un banc placé au bord de l'allée, à deux pas d'une fontaine, un jeu d'eau qui fonctionne même la nuit, savamment éclairé par des spots rouges bleus et verts. Au sol, il remarque un rectangle de papier un peu vieilli. Il ne comprend évidemment aucun mot écrit, mais sait qu'il s'agit de Français. Aucun des invités n'est francophone et d'autre part, rien n'indique que cette lettre ait été perdue ce soir-ci.

Les convenances commanderaient de remettre le pli au maitre de maison, mais Buzz ne sait pas pourquoi, il empoche simplement le rectangle de papier sans en souffler mot à quiconque.

Paul ne s'aperçoit de la perte du rectangle magique qu'une fois rentré à l'hôtel. Bien élevé, il n'ose téléphoner à la villa du King pour s'enquérir d'une lettre perdue. Il le fera quand même le lendemain, mais sans succès. Aucun domestique n'a mis la main sur la lettre. A partir de cet instant, Paul le sait très bien, tout va aller de travers... Même si le plus grand groupe du monde va encore commettre quelques chefs d'œuvres de musique pop, la mécanique s'est brisée ce soir d'août 1965. Le ver est dans le fruit, désormais. Ses rapports avec John vont se détériorer lentement, inéluctablement, alimentés par leurs compagnes respectives. La magie n'opère plus, et les quatre garnements de Liverpool sont fatigués. A la fin de l'été 66, le 29 août précisément, soit quasiment un an jour pour jour après la perte de la lettre fétiche, ils mettent fin à leurs concerts. Il ne sera pas rare de voir le groupe enregistrer séparément. Les trois ans suivants ne seront que le chant du cygne. Le plus beau, mais sublimement fatal.

Aldrin, en revanche, exulte. D'abord choisi comme remplaçant dans la mission Gemini 10, en compagnie de James Lovell, ils seront désignés équipage principal pour Gemini 12 en février 1966. Le 11 novembre de la même année, Buzz réussit trois sorties extra-véhiculaires lors d'une mission de quatre jours dans l'espace. S'étant rendu compte de la difficulté à se mouvoir dans sa combinaison, il avait eu l'idée de s'entrainer tout l'été dans une piscine, la lettre pliée dans un petit sachet hermétique. Aldrin est à ce moment-là, le meilleur élément de la NASA, mais il sort tout juste d'une mission, et ne fait donc pas partie de l'équipage du tout nouveau programme Apollo. L'objectif avoué est d'envoyer un humain sur notre propre satellite, la Lune. La mort de l'équipage d'Apollo 1 en janvier 1967, le place alors sur la rampe de lancement. Tout s'enchaine alors au rythme des numérations des missions. En Juillet 1969, nous en sommes à Apollo 11. Le 16 Juillet, la gorge nouée par l'émotion et surtout par l'appréhension, Buzz décolle en compagnie de Michael Collins, qui restera en orbite lunaire afin que tout se passe bien, et de Neil Armstrong, le commandant. Moins de cinq jours plus tard, le module lunaire se pose sur le sol inviolé.

Armstrong prononce les mots désormais légendaires et entame un pas de danse. Vingt minutes plus tard, Buzz, en sa qualité de pilote du module, vient le remplacer sur ce sol stérile. Il n'a pas trop le temps d'admirer le paysage et un fabuleux lever de Terre, il doit installer des appareils, notamment un sismographe afin de vérifier si la Lune a une activité volcanique quelconque, et un réflecteur laser qui permettra de calculer la distance exacte entre la Lune et la Terre. Les deux hommes resteront plus de deux heures au dehors du module, récoltant plus de vingt kilos d'échantillons du sol. Tout le temps de sa mission, Buzz conserve précieusement la lettre qui avait déjà fait un tour en orbite presque dix ans plus tôt. Il fut même traversé par l'idée de la laisser là, juste à côté du drapeau Américain en aluminium, étant donné qu'il n'y pas de vent à la surface de la Lune. Mais tout comme ses possesseurs précédents, Aldrin était convaincu que son parcours et ses affectations sur les différentes missions, sans parler de la chance qui l'avait épargné de problèmes techniques qui valurent la mort à plusieurs de ses collègues; toute cette bonne fortune qui l'accompagnait depuis quatre ans, il la devait à cette lettre en Français qui ne le quittait jamais. Il n'avait pas eu la curiosité de la faire traduire, la gardant secrète, sauf pour sa femme qui le voyait chaque soir, la déposer soigneusement sur la petite commode à côté de leur lit. Elle trouvait tout cela bien futile, mais ne préférait rien dire. Au fond d'elle, elle savait que cela rassurait son mari et, peut-être, d'une certaine manière, l'empêchait de prendre des risques inutiles.

De retour sur le territoire américain, Buzz multiplia les apparitions publiques. Il n'était plus le même homme depuis qu'il avait foulé le sol lunaire. Il aimait bien raconter cette devinette, spécialement aux enfants des écoles :

– Quel est le pays le plus vaste du monde ?

A tous ceux qui répondaient l'URSS, convaincus de leur bonne réponse, il annonçait magistralement :

– Non, ce sont les Etats-Unis d'Amérique ! Le territoire s'étend de Boston à San Francisco en passant par quelques dizaines de mètres carrés lunaires.

Malcolm Murphy est un jeune homme d'à peine vingt ans. Il a grandi dans une petite ville du

Massachusetts, en compagnie de deux frères et d'une sœur. Au début des années 60, leur père, ouvrier agricole, fut victime d'un accident fatal et horrible : il fut broyé dans une moissonneuse à maïs. Leur mère dut multiplier les ménages pour subvenir à leurs besoins et, dès l'âge de quatorze ans, ses enfants durent travailler aux champs. Malcolm déteste depuis toujours cette campagne de bouseux et ne rêve que de cosmos. Il a suivi toute l'aventure spatiale depuis tout môme. Le jour de ses dix-huit ans, le 21 juillet dernier, il reçut le plus beau cadeau qu'on ne lui avait jamais fait. Un américain a foulé le sol lunaire. Voyant dans ce hasard un signe, il décide de quitter sa campagne, qui ne lui offre qu'une carrière modeste et insignifiante dans la réparation et l'entretien des véhicules agricoles. Malcolm se passionne pour la mécanique, mais c'est sur des vaisseaux spatiaux, des fusées, qu'il entend travailler, pas sur des tracteurs. Il se rend à Washington, la capitale, où il a appris que résidait Armstrong. Il n'a, à ce moment, d'autre objectif que de rencontrer un des hommes qui a marché sur la Lune. Mais ce dernier n'apparait jamais en public, ne donne aucune conférence et ne participe à aucune émission de télévision. En revanche, l'autre homme ayant foulé le sol lunaire est prolixe en interviews et apparitions diverses. C'est lors d'une conférence donnée dans l'enceinte même du sénat, que Malcolm va rencontrer le double de son héros et, en même temps, son destin.

On ne peut pas dire que Malcolm soit un mauvais garçon, pas davantage un délinquant. Il ne manifeste même pas contre cette guerre au Vietnam, qui pousse des hordes de chevelus à protester contre cette guerre inutile. Il n'a juste pas envie d'aller se brûler la peau à l'autre bout du monde quand les choses importantes se déroulent ici. Fort de la réussite de la mission Apollo 11, le gouvernement a lancé tout un calendrier, il est même question d'aller un jour sur Mars ! Malcolm se voit déjà, en tenue de mécano, inspecter les différents composants de machines aussi gigantesques que des immeubles. Ce soir-là, il règne une chaleur tropicale à Washington, et Buzz a quitté son blouson qui pendouille sur le dossier d'une chaise, en flottant au gré des remous provoqués par une dizaine de ventilateurs installés en urgence.

Le jeune Malcolm n'hésite pas une seconde, il attrape le veston comme si c'était le sien et s'éloigne nonchalamment, son trophée sous le bras. Dehors, malgré la chaleur, il enfile son butin le plus précieux : le propre blouson estampillé "NASA", appartenant à l'homme qui a marché sur la lune ! Malcolm se sent soudain invincible, comme protégé par une armure. Il sifflote dans l'air de la capitale américaine, plus rien ne lui est désormais impossible. Il entend débuter dès le lendemain, une formation de mécanicien en aéronautique. Oui, dans ce pays tout est possible. Gonflé d'orgueil, il inspecte machinalement les poches du blouson fétiche et y découvre un portefeuille contenant quelques photos de la femme du spationaute probablement, et de ses trois filles, une carte d'identité, des papiers militaires, un passe pour accéder aux infrastructures de la NASA, trente-cinq dollars en billets de cinq, et une lettre à l'écriture incompréhensible. Il découvre aussi un trousseau de clés correspondant au domicile de Buzz, un stylo à pointe, un mini carnet encore vierge et enfin, une plaquette de chewing-gums parfum orange et citron. Malcolm déballe la fine plaquette et commence à mâchonner la friandise chimique. Il se sent étonnamment bien en ce début de nuit sur le sol américain où tous les espoirs lui sont permis. Il marche un peu, puis monte dans un bus Greyhound.

Il a envie de voyager un peu. Pourquoi ne pas commencer par visiter la Grande Pomme, il a toujours rêvé d'aller à New-York. Il finit par s'endormir, la tête ballotée contre la vitre qui commence à se maculer de gouttes d'eau, une belle averse fouette le bus. Lorsqu'il se réveille, c'est l'aube, et le bus est arrêté à une station-service. Il se déplie, sent les courbatures raidir ses muscles et descend prendre l'air pour dégourdir ses membres ankylosés. Dans le bus, il n'y a qu'un couple tendrement enlacé et une dame entre deux âges,. Dehors, la fraicheur de la côte Est et un vague air marin iodé, le réveille tout à fait. Au loin, comme une forêt de béton, se dressent les tours de Manhattan. Ça y est, il est à New-York. Le moteur du car qui redémarre résonne à ses oreilles, et il grimpe dans le long couloir en trois enjambées. Désormais, il est plus attentif aux paysages qui se succèdent dehors. un ruban d'autoroute agrémenté de sorties aux noms qui résonnent maintenant différemment à ses oreilles : Brooklyn, Harlem, Down South...

C'est d'un pas assuré qu'il sort de la gare routière, comme quelqu'un qui va conquérir le monde entier. Il passe la journée à errer dans New-York, à dépenser les quelques dollars trouvés dans les poches du blouson qu'il ne quitte plus. A l'angle de la 42ème rue, il repère un vendeur de hot-dogs. Une petite foule s'est amassée autour du barbecue fumant. La chaleur s'est également emparée de la ville qui ne dort jamais, mais Malcolm n'a pas quitté son blouson de toute la journée. Au moment où il s'avance pour passer commande d'un bon sandwich largement garni de moutarde et de ketchup, une altercation a lieu sous son nez. Coup d'épaules, bousculade, il est déséquilibré et manque de tomber à terre, il doit reculer de trois ou quatre pas. Surement un ou deux de trop, car un "yellow cab" vient le percuter de plein fouet. La carcasse juvénile de Malcolm fait un bond prodigieux par-dessus le taxi pour retomber lourdement, le visage dans le caniveau. Déjà un attroupement s'agrandit autour du drame. Le chauffeur, un indien au turban gris clair, se lamente dans un mauvais anglais. On entend des sirènes de police au loin, mais aucun représentant de l'ordre n'apparait. Personne n'ose toucher au corps désarticulé du jeune homme.

Tout près, un homme massif, trapu et musculeux, marche d'un bon pas. Il repère l'attroupement et entend le contourner sans s'arrêter. Se frayant un passage dans une foule compacte, il manque de tomber à terre.

C'est à ce moment qu'il découvre un morceau de papier plié en quatre, abandonné par terre. Machinalement, il l'empoche, après avoir constaté qu'il s'agissait d'une lettre en français, et poursuit son chemin. Il n'a pas de temps à perdre. Il est déjà en retard.

Lorsque Buzz Aldrin s'aperçoit du vol de son blouson, il sait d'instinct qu'il ne le retrouvera jamais. Dès lors, sa vie ne va être qu'une longue descente vers l'enfer. Un premier divorce suivi de deux autres, un état dépressif arrosé par la boisson. Il quitte l'Armée de l'Air en 1972, et entend bien publier un livre sur sa fabuleuse histoire. "Retour sur Terre" paraîtra l'année suivante, mais le fringant pilote Buzz n'est déjà plus qu'un vague souvenir. Tout le monde se souviendra d'Armstrong, mais pas du second à avoir foulé le sol lunaire. Le destin distribue ses cartes et la vie se charge de les jouer à votre place. Quant à Malcolm, pourtant heureux possesseur de la lettre lors de son accident mortel, il faut croire qu'elle n'a de pouvoirs heureux qu'à la seule condition de ne pas entrer en sa possession par un moyen répréhensible.

La lettre est dépliée sur la petite table à côté d'un dictionnaire Franco-Israélien. Tuvia Sokolovsky habite Tel Aviv, il accompagne la délégation d'haltérophilie Israélite en déplacement à New-York pour parfaire leur préparation en vue des prochains Jeux Olympiques. Il doit rentrer au pays le lendemain. Il a réussi à traduire le sens général de la missive et se rend compte que cette lettre a dû traverser bien des événements et des circonstances. Son côté porte-bonheur est indéniable. Il empoche le petit rectangle de papier bien minutieusement. Il ne sait pas encore de quoi sera fait le reste de sa vie, mais il est persuadé que cette lettre va lui permettre de réaliser ses ambitions.

En 1970, on lui confie la place d'entraineur officiel de l'équipe nationale d'haltérophilie. Son objectif : faire autre chose que de la figuration aux prochains Jeux Olympiques qui vont se dérouler en Allemagne, dans un contexte où les pays de l'est raflent tout ce qui existe. Pendant deux ans, il va former des jeunes gens motivés et baigner dans cette spécialité, à laquelle il a consacré toute sa vie. Pendant toute cette préparation minutieuse, la lettre reste constamment en sa compagnie, comme le talisman qu'elle ne peut qu'être. La délégation Israélienne débarque à Munich le 24 août 1972, l'avant-veille de l'ouverture officielle des Jeux, qui doivent laver le douloureux souvenir de ceux de 1936. Cinq athlètes, représentant les cinq continents, sont les derniers porteurs de la flamme olympique avant que Günther Zahn, jeune prodige allemand, allume la vasque olympique.

Il fait bon dans cette Bavière entourée de douces montagnes boisées, en cette fin d'été, pourtant Tuvia a du mal à dormir depuis qu'il est sur le sol allemand. Il se plait à penser que d'étranges réminiscences vieilles de trente ans planent encore dans l'air. Cette nuit, il a pris un fort somnifère afin de récupérer avant les épreuves qui attendent ses jeunes champions, d'ici deux ou trois jours. Nous sommes le 4 septembre et les entrainements se déroulent parfaitement. Son voisin de chambre, Yossef Gutfreund dort comme un bébé.

A 4h30 du matin, il est alerté par des bruits étranges provenant du hall de l'immeuble, dans lequel la délégation israélienne réside. Il se lève, encore embrumé d'un sommeil lourd, et ouvre la porte qui donne directement sur le couloir. En un instant, Yossef comprend que quelque chose ne tourne pas rond. Dans la semi obscurité, il repère une demi-douzaine d'hommes en tenue de sport qui fouillent dans de gros sacs, ceux-là mêmes où les athlètes ont pour habitude de transporter leurs affaires, mais ce qu'ils en sortent n'a rien à voir avec des tenues ou des accessoires sportifs ! Ce sont des fusils d'assaut, des pistolets et des grenades. Les hommes l'ont repéré et il n'a le temps que de crier *"Attention terroristes !"* à la cantonade, avant d'être criblé de balles. Aussitôt, c'est la débandade dans les deux appartements qui abritent les sportifs israélites. L'entraineur de lutte s'interpose à son tour, mais il reçoit une balle dans la joue, qui le force à indiquer au commando où se trouvent ses camarades. Gad Tsobari en profite pour s'échapper, alors que Moshe attaque à nouveau les terroristes. Il est abattu tout comme Yossef Romano, un haltérophile qui brandit un couteau. Tuvia se réveille d'un bond. Il a vite compris qu'il se passait quelque chose de grave. Il ne réfléchit pas, empoche la lettre porte-chance, brise la fenêtre et s'enfuit à toutes jambes, prenant bien soin de mettre le plus de distance entre lui et le tumulte qui règne déjà dans l'immeuble. Yossef Gutfreund sera pris en otage, en compagnie de huit de ses camarades par l'organisation palestinienne "Septembre Noir".

Pendant toute cette journée du 5 septembre 1972, des négociations tenteront de se mettre en place, mais Israël ne veut pas traiter avec des terroristes. Encore groggy par cette fin de nuit mouvementée, Tuvia voit tout cela à la télévision allemande placée dans une salle d'accueil improvisée. Il serre un peu plus la lettre fétiche sur sa poitrine. C'est dans un bain de sang que le dénouement aura lieu le soir même, la police allemande tentant l'assaut à l'aide de tireurs d'élites savamment postés, mais une mauvaise organisation fera échouer l'ensemble. Les terroristes abattront tous les otages avant de faire exploser un des deux hélicoptères qui effectuent le transfert des terroristes et leurs otages vers l'aéroport, où un Boeing les attend. Ces évènements, qui se déroulèrent en plein Jeux Olympiques, auront des conséquences désastreuses sur les balbutiements de paix au Moyen-Orient, et pour de nombreuses années. Tuvia ne peut s'empêcher de voir un signe dans cette lettre trouvée inopinément. Il est persuadé que sans elle, il aurait fait partie des otages juifs, et que sa vie se serait arrêtée là, sur le sol allemand, dans l'enceinte du village olympique, un jour de Septembre 1972. Il rentre au pays avec des projets plein la tête. Il va mettre en place une véritable équipe d'haltérophilie, en réclamant de nouveaux locaux et des infrastructures modernes. Tout peut réussir désormais, il en est convaincu. Mais, il faut croire que la lettre n'entend pas rester bien longtemps la possession d'un seul et unique propriétaire...

Moins d'un mois plus tard, dans un petit village situé à quelques encablures de Jérusalem, un coup de vent va emporter divers objets laissés sur une terrasse, pendant que Tuvia prenait une douche. Lorsqu'il s'aperçoit de la disparition de son porte-bonheur, il est bien évidemment déjà trop tard, une fois de plus. L'entraineur va passer le reste de la journée et durant deux jours, à chercher et à fouiner sans résultat, excepté l'incompréhension de son entourage. Certains pensent qu'il est devenu fou. Ses projets d'une grande équipe d'haltérophilie feront long feu. Israël n'obtiendra jamais de médailles aux J.O.

Le plus surprenant dans toute cette histoire, c'est que la lettre va rester dans l'ombre, comme perdue pendant presque sept ans. Personne ne sait, n'a pu me dire du moins, ce qu'il en est advenu. Un berger l'a-t-il trouvé ? Un inconnu s'en est-il emparé sans laisser de traces ? Est-elle restée tout simplement cachée dans un recoin, attendant de répandre le bonheur pour celui qui aura la chance de mettre la main dessus

? Il faudra attendre 1979 pour voir réapparaitre la lettre.

Ernö Rubik est un homme au visage de bébé, architecte depuis trois ans maintenant, après de brillantes études à l'Ecole Supérieure des Arts Appliqués. Mais Ernö est déçu, ce n'est pas ce qu'il avait espéré, le métier lui semble trop répétitif, ennuyeux. Il ne désire que de revenir à l'école où il a obtenu son diplôme, pour devenir à son tour professeur. Il a fait une demande en ce sens, et ne tarde pas à obtenir un entretien qui va se solder par un poste de professeur en architecture. Il entend passionner ses élèves en leur proposant divers casse-têtes. Lui-même est un féru de problèmes, spécialement ceux qu'il faut manipuler des heures entières. Il vient d'avoir l'idée d'un objet diabolique. Autour d'un axe fixe, six faces composées chacune de neuf petits cubes peuvent se mouvoir dans d'infinies combinaisons possibles. Il commence à travailler sur son invention et propose un prototype en bois à ses élèves, à la rentrée 1974. Très vite, le cube d'Ernö Rubik devient la coqueluche de toute l'école. Non seulement les architectes en herbe se passionnent pour la résolution apparemment impossible du casse-tête imaginé par leur professeur, mais bientôt l'ensemble des étudiants et leurs professeurs demandent à s'essayer au gadget. Il faut qu'Ernö fasse fabriquer son cube. Il entre en contact avec un industriel de la banlieue de Budapest, spécialiste d'objets en plastique. Dès lors, tout s'enchaine. Le cube multicolore se répand dans toute la capitale hongroise, mais le succès tarde. Le principe est simple : reconstituer six faces de même couleur en faisant pivoter savamment les arêtes du cube constituées de neufs petits cubes qui peuvent tourner autour du dé central. Seulement la résolution est rarement au rendez-vous et, très vite, on se lasse de ce casse-tête, trop grande prise de tête. Les Hongrois ont autre chose à faire... Ernö continue ses cours d'architecture. Quelques-uns de ses élèves réussissent à résoudre le cube. Tout est affaire de mathématiques. Mais le monde n'est visiblement pas prêt pour se mettre vraiment aux maths, semble-t-il.

L'été 1979, Ernö s'offre un joli voyage pour ses congés, en compagnie de sa femme et de leur petite Anne, qui vient d'avoir un an. Alors qu'il se promène dans les environs de Jérusalem, une bourrasque soudaine, comme il est courant d'en observer dans la région, vient lui envoyer du sable dans la figure. Il se protège comme il peut en se courbant et trouvant refuge au pied d'un cyprès. Ici tout n'est que sable et aridité. Les maisons, petits cubes ocres, agglutinées ensemble lui rappellent son invention qui n'aura fait qu'un feu de paille, un été il y a cinq ans. Au loin, on peut deviner le mur qui encercle les territoires palestiniens. Assis au pied de l'arbre meurtri, il songe à cette paix impossible dans cette région pourtant si belle, et se dit que l'homme est vraiment un animal stupide, égocentrique et borné.

Plongé dans ses pensées, il distingue un rectangle de papier qui s'apprête à s'envoler au gré d'une petite bourrasque. Il met la main dessus et s'applique à ouvrir la demi-feuille. Il a reconnu quelques mots de français, mais ses souvenirs d'étudiant sont trop lointains et trop flous pour qu'il puisse déchiffrer la lettre sans l'aide d'un dictionnaire. Il empoche la lettre tout naturellement et rentre à l'hôtel. Le lendemain, il reprend l'avion en direction de Budapest, la lettre bien en sécurité dans la poche intérieure de son complet. Dès son arrivée, il consultera un vieux dictionnaire Français-Hongrois.

Tandis qu'il manipule son cube magique pour se détendre dans l'avion, son voisin immédiat s'enquiert de l'objet. Ernö lui explique le principe et le fonctionnement. Il lui raconte aussi un peu sa vie, son poste d'enseignant en architecture à l'école des arts appliqués de Budapest, sa conviction qu'enseigner est la meilleure façon d'apprendre, et lui présente sa petite famille. L'homme est un commercial Français. L'invention d'Ernö l'intéresse fortement et lui laisse sa carte de visite. Moins de six mois plus tard, le petit cube trône en bonne place dans tous les magasins de jouets de l'hexagone. On l'a baptisé "Rubik's Cube" et le casse-tête va devenir rien moins que l'emblème des années 80. En quelques mois, sans même s'en rendre compte, Ernö obtient une gloire mondiale. En six mois, il va s'écouler quelques dizaines de millions de petits cubes. L'usine chargée de les fabriquer doit sous-traiter, et malgré cela, la rupture de stock est quasi générale un peu partout. Durant l'été 1980, Ernö voyage beaucoup, davantage par agrément que pour faire la promotion de son gadget qui, dorénavant, jouissant d'un bouche à oreille avantageux, se vend tout seul. Il est invité dans plusieurs universités du bloc soviétique. Il se rend en Roumanie, en Yougoslavie, en Tchécoslovaquie et se retrouve à Gdansk, petit port sur la Baltique, célèbre dans toute la Pologne pour ses chantiers navals, pour le 15 Août. Lors d'un déplacement en tramway, il est assis à côté d'une femme de 50 ans, au visage de marbre, impression revêche encore renforcé par une paire de lunettes aux montures épaisses et des cheveux tirés en un chignon sévère. La semaine passée, elle a été licenciée, alors qu'il ne lui restait que cinq mois avant la retraite.

Il fait chaud en cette journée de fête catholique et, sa veste pliée sur ses genoux, Ernö se précipite vers la sortie, pensant manquer son arrêt. L'austère femme s'aperçoit qu'une lettre est tombée sur le plancher, mais il est déjà trop tard, le tramway a redémarré avant qu'elle n'ait pu prévenir l'homme qui était assis à ses côtés, il y a quelques secondes à peine. Elle se penche pour ramasser le petit rectangle de papier, le déplie et constate qu'il est rédigé dans une langue inconnue. Ça ressemble à du Français... Anna Walentynowicz empoche la missive et retourne dans sa bonne ville de Gdansk où elle va rejoindre ses camarades, en grève depuis plusieurs semaines. Le moment est critique, les camarades commencent à fléchir, mais elle sait que les revendications peuvent aboutir d'un moment à l'autre. Cette lettre, elle le sent un peu confusément, peut porter bonheur à leur mouvement. C'est totalement irrationnel, mais c'est surement un signe de Dieu, envoyé justement le jour de la fête de Marie. Elle n'y fait pas attention outre mesure, mais garde tout de même la missive. Le lendemain, elle retrouve ses camarades sur le chantier Lénine et, bien sûr, leur leader, un homme trapu aux belles moustaches de paysan. Il est sur le point d'obtenir satisfaction. En effet, le 17 août, la direction du chantier cède sur une augmentation de salaire pour tous les ouvriers du chantier. Lech Walesa a obtenu satisfaction, et demande aux camarades de retourner travailler.

Anna, la lettre en poche, assiste au discours de son ami, à deux pas de l'estrade de fortune. Elle est certaine que le mouvement est porteur, qu'il ne faut certainement pas tout arrêter maintenant, et demander les mêmes avantages pour les ouvriers de tout le bassin de Gdansk. Elle se lève, monte à la tribune, aux côtés de Walesa et prend la parole. Elle exhorte la foule à poursuivre la grève, contredisant ainsi ce que vient d'affirmer à l'instant, le leader du mouvement. Elle n'en a cure, elle sait qu'elle a raison et, pressant la lettre sur son cœur, elle se lance dans une harangue digne des meilleurs politiciens. Cette première victoire peut en amener d'autres, pour tous les travailleurs du site, peut-être pour tous les travailleurs polonais. L'assistance grogne, beaucoup acquiescent et la reconduction de la grève de solidarité est votée à l'unanimité. Dans les jours suivants, dix des treize millions d'ouvriers polonais se joignent au mouvement. "Solinarnosc" est né. En coulisses, Walesa est défait. On vient publiquement de le contredire. Mais le syndicaliste est une bonne pâte, il ne prend pas la mouche et demande plutôt à Anna de prendre la direction du mouvement. Elle s'insurge. C'est lui qui a porté Solidarnosc jusqu'ici, il ne doit pas laisser tomber, surtout maintenant que la machine est lancée. Et puis, pour que les revendications aboutissent, il faut un modéré, pas un révolutionnaire qui fait peur aux autorités, et sera forcément maté. Walesa se laisse convaincre et mènera les négociations avec le pouvoir en place, jusqu'à la fin du mois, où il obtient des revendications salariales, la semaine de cinq jours, le droit de grève et de former des syndicats dans tous les ateliers.

Si toutes les télévisions du monde ont filmé Walesa et ses baccantes triomphantes, c'est Anna qui a eu l'idée d'afficher des posters de Jean Paul II, pour que résonne mondialement le combat des travailleurs polonais. C'est elle qui fut le cœur du mouvement. Cependant, elle faisait partie de cette frange de la population qui n'est pas concerné par les superstitions quelconques. Matérialiste, elle n'avait pas fait le rapprochement entre cette lettre trouvée par hasard dans une rame de tramway, et l'accélération des revendications qui s'en suivit. Elle ne fit pas davantage le parallèle entre sa disparition et les mois sombres qui suivirent, les emprisonnements pour la plupart des leaders syndicaux, y compris elle-même. N'y prenant garde, elle oublia la lettre quelques semaines plus tard, dans l'effervescence de la lutte pour un avenir meilleur.

En ce début des années 80, la lettre a beaucoup voyagé. On prétend même l'avoir entr'aperçu en Amérique du Sud ou en Chine, d'aucuns soutiennent qu'ils l'ont croisée en Australie ou en Indonésie. Je n'apporte pas foi à tous les racontars, mais je sais parfaitement qu'un soir de novembre 1984, le chanteur anglais Bob Geldof trouva le petit rectangle plié en deux dans sa loge de fortune, un soir de concert. Lui n'avait pas attendu cette rencontre pour connaitre le succès. Son groupe, les "Boomtown Rats" avaient flirtés souvent avec les Hits-Parade anglais et les tournées rassemblaient toujours un public conquis. Mais, dans un monde toujours en constante évolution, où stagner équivaut à tomber dans l'oubli, le groupe ne remplit plus les salles, et Bob commence à s'ennuyer ferme dans son rôle de rock star. Passé trente ans, il commence à comprendre qu'il n'est pas un Mick Jagger et n'entrevoit pas sa carrière future en papy du rock. Cette petite lettre l'avait intrigué et il avait demandé à Josy, la maquilleuse d'origine parisienne, de lui traduire. Il en avait alors fait son porte-bonheur, la gardant constamment sur lui comme bien d'autres avant l'avaient fait, plus ou moins consciemment, apportant ou pas une superstition toute humaine. Un soir qu'il jouait à faire tourbillonner le petit rectangle de papier entre ses doigts, il tomba sur un reportage de la BBC, sur la famine sévissant en Ethiopie et le manque crucial d'aide internationale. *"Des dizaines de milliers d'enfants meurent et tout le monde s'en fout",* marmonne-t-il entre ses dents. Le lendemain, il téléphone à son pote Midge Ure, leader du pop band "Ultravox", alors au sommet de sa gloire.

–   Et si on enregistrait une chanson au profit de la faim en Afrique ?

- Pas con comme idée... mais pas sûr que ça fasse mouche.
- Sauf si on parvient à réunir la crème de la pop anglaise.
- Une chanson chorale ? Y'a de l'idée... Et ça parlerait de bébés qui crèvent ?
- Non, bien sûr. Ce qui serait bien, c'est de faire une chanson de Noël...
- Une chanson de Noël ?
- Ouais mec, une putain de chanson de Noël. On pourrait appeler ça : *"it's my world"*.

Midge Ure n'est visiblement pas enthousiaste sous ses dehors policés, mais Geldof l'est encore moins lorsqu'il rencontre le compositeur chez lui. Il lui joue un thème sur un petit synthé portatif et Bob déclare que ça faisait penser au thème de Z-Cars, une série policière des années soixante, diffusée à la télé nationale.

- Je viens chez toi demain avec ma gratte et on recommence depuis le début.

Midge Ure est conquis, mais le titre ne va pas.

- *"C'est mon monde"*, ça craint, non ?

- Ben, je sais pas... Et pourquoi pas *"savent-ils que c'est Noël ?"*
- C'est ton refrain, ça ?
- Non, attends, le refrain, ça serait, par exemple, *"nourrissons le monde"...*
- *"Feed the world"...* Pas mal...
- Ça pourrait commencer par un truc gentil, comme *"c'est le temps de Noël et y'a pas de raison d'avoir peur pendant les fêtes, on est dans la lumière et on ne pense plus à l'obscurité, mais dans notre monde opulent, nous pourrions répandre un sourire de félicité et étreindre le monde entier au-delà de nos fenêtre, il existe un monde de faim et de peur..."*

La chanson était née. L'idée était de réunir Sting, Bono, Phil Collins, George Michael, Paul McCartney et David Bowie, Boy George entre autres, et d'enregistrer au plus vite pour pouvoir sortir le disque début décembre. Bob pense à Trevor Horn pour produire le morceau. L'ex Buggles aux lunettes rondes vient de cartonner cette année en produisant "Frankie Goes to Hollywood". Mais Horn demande au moins six semaines de délai…

– Pas possible !

Par un tour de force sans égal, Geldof réussit à convoquer 45 stars de la pop pour la nuit du 25 novembre. Au petit matin, la chanson est "dans la boite". Bob presse doucement sa lettre française porte-bonheur. Sans elle, pense-t-il, jamais nous n'aurions pu y arriver, c'est certain. Commence alors un marathon : Post production, attachés de presse, marketing, tout le tralala pour parvenir à mettre le 45 tours dans les bacs la première semaine du mois de décembre. Pour accélérer les choses et faire parler de l'événement, Bob Geldof utilise ses temps d'antenne pour sa propre promotion, comme un tremplin pour le projet. Les médias sont conquis par l'idée.

> – Et ça s'appellerait comment ?
> – *"Do they know it's Christmas"* ?
> – Ok, mais le nom du super groupe ?
> – Attends… Le groupe d'aide. Voilà "Band Aid".

En décembre cette année-là, il souffle sur l'Angleterre un vent de folie. Au pied du sapin trois millions de singles. Fin janvier, Michael

Jackson, Lionel Richie et Stevie Wonder appellent Bob. Leur intention : faire la même chose... en plus grand ! Au final, *"We are the world"* s'écoulera à plus de vingt millions de copies. Mais Bob a le vent en poupe, et compte bien surfer sur cette vague gigantesque. Un tel consensus ne se reverra pas de sitôt. Pourquoi ne pas mettre sur pied de gigantesques concerts ? Moscou, Sydney et surtout à Wembley, le 13 juillet 1985. Autour du noyau dur du projet, s'étaient ajoutés Queen, Madonna, Elton John, Led Zeppelin. Bob Geldof est complètement dépassé par les événements. Durant cet été fou, le chanteur reçoit une convocation un peu particulière. C'est une lettre officielle, portée par un soldat de Sa Majesté. Il se rend à Buckingham Palace pour recevoir l'Ordre de l'Empire Britannique des propres mains de la Reine. Lorsque Bob égare la lettre quelques mois plus tard, il sait que sa carrière est derrière lui désormais. De fait, même s'il continue sa carrière de chanteur et ses actions humanitaires, on n'entendra plus beaucoup parler de lui.

Qu'est-il arrivé à la lettre ? C'est une période trouble, là encore. Ce qui est certain, c'est qu'elle voyage beaucoup. Il semblerait que, par un tour de passe-passe dont elle a le secret, la lettre se soit retrouvée à l'automne 1986 dans la poche d'un ciré jaune, celui de Philippe Poupon. Le marin était en pleine préparation de la prochaine Route du Rhum. Il faut croire que la rumeur a de fortes chances d'être vraie, puisqu'il remporta l'épreuve.

L'année suivante, on repère sa trace au Japon, dans la poche du blouson de Susumu Tonegawa, chercheur en génétique qui obtient cette année-là, le prix Nobel. En 1988, elle est au Chili pendant le référendum qui désavoue le général Pinochet et, ne me demandez pas comment un jeune étudiant de Pékin va la trouver un beau jour de printemps 1989. Le 15 avril 1989, l'ancien secrétaire général du parti, Hu Yaobang, meurt. Considéré comme un progressiste par bon nombre d'étudiants, ceux-ci profitent du prétexte de sa réhabilitation politique pour descendre dans la rue. Dans la nuit du 21 au 22 avril, 100 000 étudiants se dirigent vers la place Tian'anmen. Ils sont rapidement bouclés par la police. Tout cela reste bon enfant, les étudiants n'ayant pas recours à une démonstration de force. Une grève de la faim s'organise au mois de mai, cependant ces manifestations pacifiques déplaisent au gouvernement en place, et une loi martiale est proclamée. Le 20 mai, l'armée recule. Chai Ling prend la tête de la coordination étudiante. On érige une déesse de la Démocratie sur la place, rappelant la statue de la Liberté. Mais le 4 juin, fini la rigolade. Les chars envahissent la place.

Zhang Xui avait trouvé la lettre non loin de l'ambassade française et, ne comprenant pas le moindre caractère, en avait déduit que c'était du français. Il avait gardé le bout de papier au fond d'une poche et s'était aperçu que depuis, tout allait en s'arrangeant dans sa vie. D'abord, sa grand-mère qui souffrait d'un cancer depuis des années, se trouvait en meilleure santé, la plus jolie fille du campus avait finalement accepté de sortir avec lui, et son professeur d'histoire lui avait fait confiance sur une thèse qu'il préparait sur le rôle de l'art dans les mutations de l'empire du soleil levant, depuis mille ans. Il se sentait pousser des ailes et ne restait plus isolé dans son coin, bûchant solitairement. Il participait aux manifestations pacifiques comme les plus délurés de ses camarades. Dans la nuit du 4 juin 1989, il avait fait la fête avec une bande de copains, puis avait rejoint sa petite amie dont il était amoureux. Le 5 juin, il s'était réveillé à deux pas de la place Tien'anmen en raison du sol qui vibrait. Il n'avait jamais vécu de tremblement de terre, c'était une première. Le plus étrange c'est que le phénomène ne s'arrêtait pas. Cela faisait bientôt cinq minutes et s'intensifiait de seconde en seconde, un grondement accompagnait l'événement. Interloqué, Zhang s'était avancé vers la place. Les rues étaient désertes, bien qu'il soit au moins neuf heures du matin. Il se demanda un instant s'il n'était pas le dernier homme sur terre, et si ce bourdonnement sourd annonçait la fin du monde. Alors, au coin d'une rue, il les vit. Les chars de l'armée ! Ils défilaient comme à la parade, seulement on pouvait être certain que cette fois, il ne s'agissait pas de manœuvres. La répression était en route.

Zhang tapota la petite poche de son pantalon dans lequel il avait glissé la lettre, qui ne le quittait plus depuis un bon mois. Il se sentait invincible. Alors, sans se demander pourquoi, il s'avança, seul, au milieu de la place vide. Une colonne de chars avançait sans ralentir. C'est seulement à ce moment qu'il aperçut la foule des manifestants dans son dos. Plus personne ne parlait. Un silence d'après apocalypse régnait place Tien'anmen. Il se posta face au premier engin. Celui-ci fit un écart pour l'éviter, mais aussitôt le jeune homme accompagna le mouvement, simple silhouette frêle voulant stopper une colonne de chars d'assaut. Les chenilles crissèrent sur le macadam. Toute la file avait dû s'arrêter. S'arrêter face à un simple étudiant d'un mètre soixante ! Le premier char tenta de contourner Zhang, mais celui-ci réagissait comme un chien de berger qui entend bien contrôler le troupeau tout entier. Cela dura quelques minutes. Zhang entendit quelques bruits incongrus dans son dos. De la foule immobile, s'échappait quelques déclics de Nikon armés d'imposants objectifs. Dès le lendemain, l'étudiant anonyme ferait la Une des journaux occidentaux. Lui, n'en sut jamais rien. Les reporters ne l'ont pas suivi lorsqu'il fut interpellé par la police, amené manu militari dans un poste de police et interrogé brutalement. On lui vida ses poches et on n'entendit plus jamais parler de lui. Je préfère croire que depuis ce jour de juin 1989, il vit retiré dans les montagnes en compagnie de sa femme, la jeune et jolie étudiante dont il était fou amoureux à l'époque.

Le policier qui avait récupéré les effets de Zhang consigna les objets, mais garda la lettre. Il l'envoya à un cousin qui avait émigré aux États-Unis, une dizaine d'années auparavant, persuadé qu'il avait affaire à de l'anglais. Mais la lettre ne parvint jamais au cousin.

Peut-être, le policier s'était-il trompé dans les caractères occidentaux. Quoi qu'il en soit, la lettre prit un avion à Shanghai pour l'Australie. Là, un fonctionnaire peu scrupuleux, venant de passer une nuit de beuverie, modifia l'adresse par plaisanterie. Dès lors, l'administration qui fait preuve de la même méticulosité dans n'importe quel pays du monde, s'enclencha sans anicroche, irrémédiablement.

La lettre arriva en Afrique du Sud, deux semaines après avoir été posté dans un modeste bureau de poste de Pékin. Cette fois, par un tour de passe-passe dont seul le destin a le secret, elle atterrit dans l'imposant courrier destiné au Parti National du Transvaal. Lorsque la secrétaire personnelle de Frederik De Klerk épluche le courrier ce matin-là, elle est déconcertée par cette lettre si particulière. Elle n'a aucune notion de Français et, jugeant la missive de peu d'importance, elle s'apprête à la jeter dans la corbeille lorsque son patron débarque dans la petite annexe de son bureau. Il ne peut s'empêcher de se renseigner sur ce courrier un peu spécial, sa curiosité étant piquée au vif. Finalement, il empoche la lettre, pensant la montrer à un ami francophile, membre du parti. Depuis qu'il a été élu dirigeant en février dernier, il est en crise avec le président Botha, dont il entend bien mettre fin à son règne. C'est la lettre en poche qu'il reçoit ce même jour, le prisonnier Nelson Mandela. L'entrevue se passe bien.

Un mois plus tard, victime d'un accident vasculaire cérébral, Botha est contraint de démissionner. Nous sommes le 14 août 1989. Trois semaines plus tard, des élections sont organisées et De Klerk en sort victorieux, porté par un programme réformiste. Il est temps de passer à la persuasion plutôt qu'à la répression. Il enchaine les contacts avec l'ANC, le Congrès National Africain, luttant pour la fin de l'Apartheid. Il rencontre aussi des diplomates soviétiques. Enfin, en février 1990, il annonce la légalisation de l'ANC et la libération de Nelson Mandela. Celle-ci a lieu le 11 février et, lors d'une entrevue entre les deux hommes, De Klerk glisse la lettre française dans la main du leader noir.

> – Veuillez accepter ces quelques mots. Ils m'ont porté chance toute cette année. Apparemment, c'est une lettre du front datant de 1918. Je ne sais pas comment elle est parvenue jusqu'à moi, mais je suis convaincu qu'elle a vécu plus d'une vie, et

je suis persuadé qu'elle contient de bonnes ondes. Vous en aurez besoin.

Mandela accepte et, c'est la lettre en poche qu'il entame la longue lutte, non plus en tant que prisonnier, mais comme prétendant aux destinées du pays, son pays. Un an et demi plus tard, au cœur de l'été, Mandiba est élu président de l'ANC. Il se rend à Cuba où il rencontre Fidel Castro, qui ne tarit pas d'éloges sur le leader noir. Début 1992, De Klerk est désavoué lors d'élections législatives. Les conservateurs ne veulent pas de la fin de l'Apartheid. Dans la foulée, un référendum renverse la tendance, mais le massacre de Boipatong, en juin de la même année, interrompt les négociations. Mandela accuse publiquement De Klerk de complicité dans ces tueries. Cependant, la communauté internationale reconnait les efforts des deux hommes en leur octroyant le Prix Nobel de la Paix en 1993.

Le 4 juillet, Bill Clinton reçoit Nelson Mandela à Philadelphie. Lors de leur entretien, Mandela tend la fameuse lettre au président américain.

- Elle m'a porté chance, je vous l'offre, espérant qu'il en soit de même pour vous.

Clinton refuse, par principe.

- Vous ne devriez pas. Si cette lettre porte chance, c'est plutôt vous qui en aurez besoin...

Mandela rétorque qu'il est désormais confiant. Les élections prévues en avril prochain ne devraient pas lui échapper. C'est ainsi que, deux mois plus tard, à Washington dans les jardins de la Maison Blanche, un carré de papier crème dépasse légèrement de la poche du veston de Bill Clinton, photographié par la presse mondiale, entre Yitzhak Rabin, premier ministre Israélien et Yasser Arafat, président de l'OLP, lors de la ratification des accords d'Oslo, prônant une paix durable au Moyen Orient. La poignée de main entre Rabin et Arafat est tout un symbole. Clinton pense à la lettre qu'il désire offrir à son tour. Mais à qui ? Résigné, il préfère garder la missive pour lui. Avec le recul, il s'en veut de ne pas avoir choisi Rabin, assassiné deux ans plus tard. Il regrettera surtout de ne pas l'avoir conservée pour lui-même. Alors que le premier ministre israélien est assassiné, cette conne de Monica lui pourrit la vie pour quelques turlutes pas bien méchantes.

En réalité, Clinton n'a jamais donné la lettre, il l'a tout bonnement égarée quelque part sur une plage de Normandie, ou bien lors de son invitation à Buckingham Palace. Pour les 50 ans du débarquement allié en Normandie, Clinton se tient aux côtés de François Mitterrand et de Sa Majesté la reine Elisabeth II. La lettre a très bien pu glisser en ces occasions solennelles, et un des nombreux badauds qui assistaient à ces représentations, a pu l'empocher. En tout cas, la lettre va traverser toute l'Angleterre pour venir mourir dans un café d'Edimbourg en Ecosse.

Depuis quelque temps, une jeune mère célibataire vient s'attabler chaque jour dans un recoin de l'estaminet, une poussette d'enfant à ses côtés.

– Un café, comme d'habitude, Jo ?

Le patron a bien remarqué que la jeune femme ne roule pas sur l'or et profite de la chaleur de son établissement pour griffonner quelques feuillets, en attendant que se réveille sa fille. Elle n'a pas trouvé d'autre moyen pour l'endormir que de la promener en poussette jusqu'à ce qu'elle considère déjà comme son bureau. Alors qu'elle n'a pas encore tout à fait trente ans, elle se rend compte que sa vie est un fiasco. Pas d'emploi, elle survit avec les allocations que lui octroie le gouvernement, et c'est peu pour élever sa fille dont le père a fichu le camp. Valait mieux dans un certain sens, car ce n'était pas un cadeau… Diplômée, elle envisage de reprendre l'enseignement, mais elle a un autre projet qui l'accapare depuis des années. Elle a eu la révélation sur un quai de gare, un soir qu'elle attendait son train de banlieue. Et s'il existait une voie magique située entre les voies 9 et 10 ? Et que cela cachait un train à l'ancienne avec une grosse locomotive ébène, fumant tel un dragon. Un monde parallèle où les sorciers évolueraient, luttant contre les forces du mal. Il lui fallait un héros. Elle l'avait trouvé. Un gamin aux cheveux en bataille, marqué dès sa naissance alors que ses parents furent sauvagement assassinés, et recueilli par une tante et un oncle qui se comportent en tous points comme des Thénardiers.

Alors qu'elle s'installe à sa table habituelle ce matin-là, elle remarque une lettre posée bien en évidence. Lorsqu'elle en fait la remarque au patron, celui-ci lui rétorque qu'il a trouvé ce bout de papier qui trainait près du comptoir.

– C'est du charabia pour moi, surement du Français ou de l'Italien. Comme tu écris à longueur de journée, j'avais pensé que peut-être, tu saurais de quoi il retourne.

Jo retourne la lettre, la déplie et ses connaissances en français font le reste. Machinalement, elle empoche la lettre-talisman et se remet à peaufiner la fin de son roman. Une école de sorciers, la lutte entre le Bien et le Mal. Classique, mais résolument original. Une semaine plus tard, Christopher Little, agent littéraire en quête de nouveaux talents, lui téléphone. Le manuscrit lui a plu et il décide de s'en occuper personnellement. Jo jubile. Serait-ce le début d'une publication possible ? Nous sommes en 1995, et il faudra deux ans à Chris pour convaincre des éditeurs qui se font tirer l'oreille. Tous les prétextes sont bons pour refuser le manuscrit. Personne ne croit à cette histoire de sorciers modernes. *"C'est juste de la littérature pour gamins ! Qui veut publier un texte aussi peu prestigieux ? C'est trop loufoque. Certes, il y a des idées, de l'imagination à revendre même, mais jamais ça ne marchera !"*. Enfin, Barry Cunningham, directeur littéraire de la petite maison "Bloomsbury" accepte de bien vouloir publier ce premier roman. Il prend le risque. Toutes ces années, Jo, vivant chichement, n'a pas cessé d'y croire. A partir du moment où le manuscrit vivait sa propre vie, qu'il était enfin sorti de son esprit, elle savait que, tôt ou tard, un éditeur accepterait de lui faire confiance. Et pendant tout ce temps, la lettre porte-bonheur ne la quittait pas.

Les aventures de *"Harry Potter à l'école des sorciers"* font leur apparition en librairie à la rentrée 1997. Jusque-là, les rocambolesques péripéties du garçon à la coiffure ébouriffée n'avaient eu d'autres oreilles que celles de la propre fille de Jo, Kathlyn Rowling. Désormais, elles allaient bourdonner dans chaque cour de lycée, dépasser les frontières et devenir un succès planétaire qui dépasse largement l'entendement de tous, en priorité celui de son auteur. Pourtant, Jo perd la lettre au moment même où son livre atteint la tête des ventes pour la jeunesse, en Angleterre. Elle ne sait comment. Surement lors d'un match de football où elle accompagnait une vague copine et son fiancé, ardents supporters d'Edimbourg.

A partir de ce moment, la lettre évolue dans le milieu du ballon rond. De supporters en entraineurs, elle atterrit dans les vestiaires de l'A.S. Monaco. Un grand gaillard aux cheveux blonds se penche et ramasse le mot plié en deux. Il n'en revient pas, et pense que c'est encore un canular d'un des joueurs de l'équipe. Qu'à cela ne tienne, il garde la lettre qui n'intéresse personne autour de lui. Cette saison, Monaco devient champion de France, et Emmanuel garde la lettre avec lui, le jour où il signe un contrat avec le prestigieux club d'Arsenal en Angleterre. Nous sommes en Mai 1998. La coupe du monde se profile. Aimée Jacquet a rendu publique sa liste des sélectionnés pour la compétition qui a lieu en France. Emmanuel Petit y figure, mais pas en bonne place, malgré une saison de feu et ses évidentes qualités de jeu. Le tournoi débute et c'est plutôt vers Zinedine Zidane que tous les yeux se portent.

Après une première phase timide, l'équipe de France gagne en confiance et atteint comme par magie, la finale. Nous sommes le dimanche 12 Juillet et le stade de France est chauffé à blanc. Les bleus rencontrent les Brésiliens et, porté par l'enthousiasme d'une France unifiée derrière ses onze représentants, tout est possible. La composition a été mûrement réfléchie et Emmanuel a été choisi in extremis.

A la vingt-septième minute, il tire un corner décisif, trouve la tête de Zidane et c'est le but ! La France mène par 1 à 0 face au Brésil. Le héros de toute une nation réitère l'exploit juste avant la mi-temps. La seconde période sent le délire ! Alors qu'on entre dans les arrêts de jeu, Emmanuel signe l'humiliation brésilienne par un troisième but, le millième de l'équipe de France ! La France va connaitre l'une de ses plus belles nuits. Après avoir laissé exploser leur joie, les joueurs rentrent au vestiaire. Emmanuel a joué tout le match en gardant la divine lettre dans une poche cousue à l'intérieur de son maillot.

Joseph s'était tu. L'assistance restait silencieuse. La nuit était largement entamée. Personne n'osait briser le calme de cette nuit de Noël. Dehors, un manteau neigeux recouvrait tout, à présent, comme une peinture en relief, immaculée dans la pénombre nocturne. Quelques flocons retardataires voletaient encore dans la nuit noire. Une formidable impression de calme régnait aux alentours.

Je me raclais la gorge et tous se tournèrent vers moi. Je me sentis obligé de dire quelque chose et, comme c'est régulièrement le cas dans pareil moment, je dis une ânerie.

— Et vous n'avez jamais revu cette lettre ?

Je jouais le jeu, persuadé d'avoir été le témoin d'un formidable conte, forcément inventé de toutes pièces. Comment Joseph pouvait-il connaitre tous les détails des péripéties de la lettre ?

Une sourde rumeur avait répondu à ma question. Joseph me regarda fixement, puis s'approcha tout près, posa sa main noueuse sur mon épaule.

— Mon garçon, savez-vous pourquoi vous avez été accueilli par ma famille, sans aucun domestique pour vous servir ce soir ?

Je ne prononçais aucune parole, me contentant d'afficher un air d'incompréhension timide. Le regard de Joseph était doux, mais insistant à la fois. Je sentais qu'il inspectait mon âme.

— Lorsque je perdis cette lettre, nous étions en pleine occupation allemande. Je fis un serment à Emilie, ma femme. Même si nous devions connaitre le succès et la fortune, nous n'emploierions jamais de personnel pour le repas du réveillon de Noël. Cet engagement la fit sourire. En effet, j'avais un métier, certes, mais qui n'avait plus rien du faste des années 30. A la libération, je crus renouer avec le milieu de la haute couture, mais ça m'était impossible. La plupart des maisons de couture avaient fricoté avec l'occupant. Cela me dégoûtait de travailler pour eux. Repartir aux États-Unis ? Emilie m'avait donné un beau bébé deux ans auparavant, et était à nouveau enceinte, et puis six ans s'étaient écoulés depuis mon retour au pays. Renouer des contacts était difficile. Bref, je restais à Paris et continuais mon obscur travail de couturier. Je me contentais de découper les tissus, d'habiller les petites gens, après avoir été le styliste des plus grands. Cette humilité ne me dérangeait pas. Pendant les années d'occupation, j'avais nourri une certaine aversion pour certains de mes anciens soit disant amis. Ils n'hésitaient pas à frayer avec les officiers nazis, continuant à vivre dans le confort et l'opulence, tandis que la population souffrait dans sa chair, prenant l'argent là où il se trouvait, savourant une vie facile, bénéficiant de passe-droits. Ils n'avaient qu'une foi : le fric. Je ne voulais plus appartenir à ce monde. Emilie me comprenait. D'ailleurs, après avoir élevé nos deux enfants, elle occupa un emploi de blanchisseuse. Elle avait ouvert l'un des premiers pressings modernes, rue Denfert Rochereau. Nous étions cependant très heureux dans nos modestes vies. Nous avions tissé un réseau d'amis et nous profitions du confort moderne qui s'était répandu au cours des fabuleuses années 50. Tout semblait possible alors. Nous avions tout misé sur nos deux enfants. Une fois son bac en poche, Jacques intégra les grandes écoles de chimie. Au milieu des années 80, il fit partie du groupe de chercheurs qui isola le germe responsable du sida. Il est ma plus grande fierté… Avec sa sœur. Elisabeth, elle, s'orienta vers la culture. C'est elle qui nous trainait dans les musées, le dimanche, quand j'aurais volontiers préféré flâner avec ma femme dans quelque square ou parc de la capitale. Actuellement, elle est conservatrice au musée des Arts Modernes de Boston.

Deux quinquagénaires s'avancèrent et entourèrent leur père dans une étreinte non feinte. Joseph les regarda et toute l'assemblée sentit une immense fierté se répandre dans sa personne.

Il reprit, la voix un peu cassée :

— Je n'ai qu'un regret, c'est que mon Emilie chérie ne soit plus là pour partager ces instants de bonheur. Vous savez, le Bonheur n'est pas cette chose inaccessible dont on nous rebat les oreilles. Ce n'est qu'une succession de petits moments de joie, de félicité, de fierté. Le bonheur n'est, et ne sera jamais un tout, il est constitué de milliers de petites touches. A nous de savoir les apprécier à leur juste valeur. Emilie ne fut pas là pour assister à la réussite de ses enfants. En 1964, une simple grippe l'emporta. Oui, cher Monsieur, on peut mourir de ce virus. Ce fut d'ailleurs la première cause de mortalité pendant la guerre de 1914-1918. Les gens l'ont parfaitement oublié.

Il y eut à nouveau un silence. Joseph savait mettre en scène ses effets.

— Ces deux-là sont ma plus grande fierté, mais j'avoue avoir un faible pour ma petite fille, Blandine.

Il se tourna vers sa fille, et avoua :

— Cette grande greluche ne m'a pas offert la joie d'être grand-père, et je ne lui en veux absolument pas. C'est sa vie... Mais ce gaillard-là (il donna une bourrade virile dans les côtes de son fils) m'a fait un grand plaisir un matin de mai 1968. Et pourtant, sa femme (il fit un signe à une dame rousse, très élégante, de venir les rejoindre) a failli accoucher dans la rue ! Il y avait des barricades partout, des affrontements aussi. Finalement, une poignée d'étudiants, constatant l'urgence de la situation, demandèrent aux CRS de stopper leurs petits jeux de cowboys et d'indiens. Et vous n'allez pas me croire, mais un cordon de représentants de l'ordre escorta quelques étudiants qui soutenaient ma belle-fille. On parvint à la maternité dans le chaos le plus total, la future maman perdant les eaux, Jacques était aux petits soins au milieu de cinq chevelus entourés de quatre CRS, tous aussi maladroits les uns que les autres. Ah ! Ça valait son pesant de cacahuètes, je peux vous le dire ! Bref, c'était mon mai 68 à moi. Résultat, je n'ai rien vu des barricades, trop occupé autour du berceau de ma petite Blandine !

L'assistance s'était détendue à l'évocation de ces souvenirs intimes et cocasses. Joseph avait l'œil qui pétillait.

— Maintenant, savez-vous pourquoi vous êtes là,
cher ami ?

Je répondais avec humilité que Blandine m'avait
gentiment proposé cette invitation et comme je n'avais
pas d'engagement...

— Oui, oui... dit-il avec énervement. Ça, c'est le
comment. Maintenant, je vais vous dire le
pourquoi. Cela remonte à la même époque où
nous avions, Emilie et moi, fait le serment de
nous passer de personnel pour Noël. Dans le
même temps, nous nous étions promis de
partager notre soirée de réveillon avec une
personne seule, ce soir-là. Ce n'était même pas
de la charité, car nous en retirions de la joie.
Ainsi chaque année, nous rivalisions pour
trouver une personne sans engagement.
Parfois, c'est elle qui dégotait celui ou celle qui
partagerait notre petite fête, d'autres années,
j'avais ce plaisir. Nous avons ainsi rencontré
bien des gens qui n'étaient pas de notre milieu,
permettant d'ouvrir nos consciences à d'autres
horizons. Nous en avons revus certains, d'autres
sont devenus des proches, quelques-uns de
véritables amis... Tout au long de ces années,
j'espérai que l'un ou l'autre de ces invités de

dernière minute, me rapporterait ma lettre perdue. Je ne saurais expliquer cette espérance, cette conviction. Mais les années passaient et la lettre était toujours perdue. En bientôt cinquante ans de réveillons, jamais nous n'avons failli à notre engagement. Pas un seul soir de Noël sans qu'une personne esseulée ne vienne partager notre repas, et cela, même lorsque notre famille s'agrandit et que nos amis et relations grossirent les rangs. Lorsque Jacques et Elisabeth furent assez grands, c'est eux qui nous servirent quelquefois de "rabatteurs". Je me souviens d'un Noël où ma fille nous présenta une copine de l'assistance publique. Qu'est-ce qu'il n'a pas fallu faire pour l'autoriser à s'échapper de la traditionnelle soirée divine entre les murs de l'institution. Administration ubuesque ! Une autre fois, ce fut Jacques qui avait invité un clochard pouilleux, et qui avait le vin mauvais. Mais, les mauvaises surprises étaient rares et elles nous faisaient bien rire après coup.

L'an dernier, c'est le hasard qui joua pour nous. Alexandre, notre jardinier-chauffeur avait fait appel à un spécialiste. En effet, les arbres d'ornements souffraient d'un germe qui s'était développé récemment, surement par les effets de la pollution de l'air. Malgré notre éloignement de Paris, nous n'y échappons pas. Le type était débordé et on l'avait vu débarquer au matin du 24 décembre. Nous nous lamentions déjà de n'avoir pas trouvé de candidat à notre promesse pour le soir même. Jamais nous n'avions été aussi proche d'échouer. Tandis que le technicien inspectait les arbres ravagés par un mystérieux virus, nous le regardions faire. Sa méthode n'avait rien d'orthodoxe. Il n'hésitait pas à se coucher au pied des tilleuls, à flatter l'écorce des chênes et carrément enlacer dans une étreinte passionnée, les petits cèdres. Enfin, il sortit un arsenal d'appareils destinés à effectuer des mesures. Cette approche moins ésotérique nous rassura. Vers onze heures, Jacques vint lui proposer une tasse de thé. Il ne refusa pas. Entre deux madeleines, il nous expliqua brièvement de quoi il retournait. Comme nous le craignions, l'air pollué était en partie responsable de la dégénérescence de nos arbres. Je passe sur les conseils et les remèdes qui n'ont que peu d'importance ici. Nous l'accompagnâmes auprès des arbres malades et il nous expliqua les causes, les conséquences et les thérapies possibles. Il n'était pas versé dans la chimie et nous non plus, cela tombait bien.

De fil en aiguille, la conversation vint se porter sur les fêtes de Noël et notre étonnement de le voir travailler un 24 décembre. Il nous avoua qu'il était seul et qu'il n'avait rien de mieux à faire, si cela ne nous dérangeait pas. Nous avions enfin trouvé notre candidat ! L'invitation le surprit, mais après avoir quitté le parc, sur le coup des dix-sept heures, alors que la nuit tombait et qu'il vaporisait une dernière fois le sol et les branches basses avec une potion résolument écologique, on le vit revenir trois heures plus tard sans ses bottes vertes et sa combinaison orange, mais arborant un smoking du plus bel effet, pochette de rigueur et nœud papillon. Ses cheveux en bataille étaient docilement apprivoisés dans une coupe qui faisait penser à Gatsby le magnifique. Il était méconnaissable.

La soirée se déroula à la perfection, comme ce soir, comme d'habitude. Il nous révéla être ingénieur en agrobiologie, et qu'il en avait marre de passer sa vie dans un laboratoire à manipuler des éprouvettes. Il entendait travailler sur le terrain à la manière de ces journalistes qui préfèrent devenir reporters plutôt que de présenter un JT, bien maquillés sous les projecteurs. Il nous parla aussi de l'A.J Auxerre, son club de football préféré, il était un grand amateur de ballon rond et n'hésitait pas à se déplacer pour assister à des rencontres européennes. Dans sa passion comme dans son métier, il privilégiait le contact direct à une retransmission télévisée, même si on ne voit pas aussi bien le jeu que par le biais des caméras, reconnaissait-il. Il aurait été amateur de musique rock, il serait allé aux concerts et ne se serait pas contenté d'acheter des CD. De la même façon, il jouait lui-même dans un petit club de banlieue. A l'occasion, il entrainait des jeunes, encore portés par un élan dû à la récente coupe du monde. A ce sujet, il nous raconta une anecdote qui lui était arrivé deux semaines plus tôt. Il s'était rendu en Angleterre pour voir un match d'Arsenal contre Liverpool, le must, prétendait-il. Je ne pourrais vous relater ses propos d'une grande portée technique, personnellement je n'y connais rien en foot, mais le point important concernait l'après match. Alors que les supporters quittaient le stade dans une cohue canalisée, il repéra à deux pas des bancs des remplaçants, un carré de papier. Une lettre...

Il la ramassa par habitude, car il déteste cette négligence qui consiste à jeter tout et n'importe quoi par terre, spécialement là où poussent des arbres. Dans l'Eurostar qui le rapatriait en

France, il ouvrit la demi-feuille et constata qu'elle était rédigée en français, bien qu'elle se trouva au cœur de l'Angleterre. Mieux, à moins que ce soit un canular, la lettre semblait dater de…
— 1917 ! M'exclamais-je.

Joseph cligna de l'œil vers moi. Il souriait tout ce qu'il pouvait.

— Après plus de cinquante ans, je retrouvais la lettre de Fernand, mon frère, mon parrain !

Joseph avait pris un air espiègle. Difficile d'imaginer qu'il allait bientôt fêter son 90ème anniversaire. Bien qu'il soit une heure avancée de la nuit, tout l'auditoire restait scotché aux paroles de Joseph. C'était la plus belle histoire que je n'avais jamais entendu raconter de vive voix. En bon conteur, il ménageait ses effets, offrant de larges pauses dans son récit.

Après un long silence, il extirpa un rectangle de papier de sa poche de veston et me le tendit.

— Permettez-moi de vous l'offrir de bon cœur.

J'étais gêné. Même si je ne croyais qu'à moitié aux pérégrinations de la lettre, force était de reconnaître que le papier et l'écriture étaient d'époque. Cette lettre qu'il me tendait avait bien plus de 80 ans. Je ne pouvais accepter un tel cadeau, moi la pièce rapportée dans cette réunion familiale entre toutes. C'était trop !

Joseph perçu mon embarras.

— Vous savez jeune homme, vous permettez que je vous donne du "jeune homme", n'est-ce pas ? Après tout, vous avez l'âge de ma petite fille, si je ne m'abuse. Depuis l'an dernier, j'ai compris une chose, les plus beaux cadeaux que l'on vous fait dans la vie ne sont jamais matériels. Une main que l'on tend au moment où l'on en a besoin, des yeux qui disent je t'aime, une simple présence, la naissance d'un enfant, la reconnaissance, l'honneur, la fierté.

Joseph semblait plongé dans une félicité que j'ai rarement observée chez un individu. Je tentais de lui faire comprendre que cette lettre était tout pour lui, qu'il l'avait attendue pendant toute une vie, qu'elle lui avait porté chance, et que sans elle, sa vie avait été… Je cherchais mes mots...

Joseph me reprit au bond.

— Ratée, vous voulez dire ? Effectivement, on peut voir ça comme ça... Je n'ai pas réussi *dans* la vie, en tout cas, pas dans la mesure que laissaient présager mes débuts prometteurs, mais j'ai réussi *ma* vie. J'ai été heureux avec Emilie, puis avec mes deux enfants.

Et il les enlaça comme s'ils avaient à peine dix ans...

— Ils sont ma fierté, vous savez... C'est un peu grâce à moi qu'ils ont réussi, à la fois *leur* vie et *dans* la vie. Vous faisiez allusion à une réussite sociale, ostensible. Finalement, je l'ai eu, cette gratification que peut apporter les honneurs et l'argent. Lorsqu'ils se sont retirés un peu des affaires, mes enfants ont acheté ce superbe manoir, et depuis nous vivons tous ensemble. Nous formons une sorte de communauté. Certains enfants envoient leurs parents en maison de retraite pour leurs vieux jours, eux m'ont offert la maison de retraite chez moi. Le personnel, c'est ma famille. Que peut-on désirer de plus ? Cette lettre a permis de faire le bien de par le monde. Pas toujours au plus haut niveau, parfois, et même assez souvent, elle s'est trouvée entre les mains d'inconnus, d'anonymes, de gens comme vous et moi. Par le jeu du hasard, c'est votre tour aujourd'hui. Vous en faites ce que vous voulez, vous pouvez la donner à qui vous voulez, vous pouvez la poster au hasard ou bien la garder précieusement, mais je vous préviens, elle a la bougeotte. Dans tous les cas, je vous demande simplement de ne jamais la brûler ou de la détruire.

J'opinais modestement. J'acceptais finalement son plus beau cadeau de Noël, avec déférence.

Je regardais cette assemblée faite d'amis proches autour d'une famille unie et heureuse, quand soudain l'image du bonheur s'imposa à moi, tout en me renvoyant ma propre inanité.

A 35 ans, qu'avais-je réalisé dans la vie ? J'occupais un poste de professeur d'histoire dans un lycée de banlieue. Je n'avais rien publié. J'avais quelques copains que je ne pouvais qualifier d'amis, au vu de ce que j'avais pu observer ce soir. Plusieurs maitresses s'étaient glissées dans mon lit, s'étant succédées dans un tourbillon stérile. Certaines étaient belles, intelligentes et douces, mais je n'avais pas su, ou voulu les garder. Je louais un appartement, je n'étais même pas propriétaire... Qu'allais-je laisser derrière moi ? Qu'allais-je faire de ma vie ?

Les mots de Joseph résonnaient dans ma tête, alors que je rentrais dans ma 205. Réussir *sa* vie plutôt que réussir *dans* la vie. Parfois, il était possible d'allier les deux, mais pas souvent… Qu'importe. Il convenait de savoir ce que l'on désirait vraiment. Que voulait-on laisser après notre irréductible départ ? Quelle marque, quelle empreinte ? La vie n'était pas simplement un espace où l'on pouvait jouir de tout, consommer à outrance et brûler des calories, il y avait autre chose.

Je laissais mon regard s'arrêter sur le petit rectangle de papier jauni au fil des décennies. Si réellement il portait bonheur, qu'allait-il m'offrir…

Je garai mon bolide à deux pas de mon petit appartement. Le jour ne tarderait pas à pointer en ce 25 Décembre. Par je ne sais quel effet météorologique, la fine couche de neige qui amortissait les pas et feutrait chaque bruit en recouvrant la campagne d'un voile immaculé, était absente ici, aux abords de la grande ville.

Je me fis la promesse de ne plus passer un seul Noël sans neige, devrais-je pour cela déménager vers les vallées montagneuses. Ce fut ma première résolution à une semaine du nouveau millénaire… enfin une semaine et un an...

En effet, contrairement à ce que rabâchait la presse et les médias dans leur ensemble, depuis quelques jours, le véritable 21ème siècle débuterait le premier janvier 2001. Joseph l'avait fort bien expliqué à un convive qui pensait le contraire, s'étant laissé influencer par le consensus général.

— Le 20ème siècle a débuté le premier janvier 1901, le prochain commencera par conséquent, le premier janvier 2001, et non pas d'ici une petite semaine.

— Soit. Mais, dites-moi Joseph, vous entrerez dans votre dixième décennie le jour de vos 90 ans ou attendrez-vous d'en avoir 91 ? Lorsque vous êtes né, aviez-vous déjà un an ?

— C'est parfaitement juste ce que vous dites-là, mon cher ami. Effectivement, je suis entré dans ma seconde décennie le jour de mes dix ans et ainsi de suite, et si la providence le permet, je bouclerai mon siècle le jour même de mes cent ans. Seulement vous oubliez une chose : l'an zéro n'existe pas dans notre calendrier grégorien. Ne me demandez pas pourquoi, c'est comme ça. L'homme a commencé à compter à partir de 1…

A ce moment-là, un hôte émit l'idée que les romains ne connaissaient pas le zéro, qui fut un don des arabes, plus tard.

Bref, Joseph conclut, impérial.

> — Du fait, il faut inclure la dixième année pour obtenir une décennie, et ainsi de suite jusqu'à arriver au dernier jour du siècle, le 31 décembre 2000, en ce qui concerne le vingtième.

=== / ===

Je traversai la petite rue d'un pas amorphe, pressant la lettre dans la poche de ma veste. L'air s'était rafraichi et je grelottai. C'est au moment où je tournais la clé de ma porte d'entrée qu'elle apparut.

> — Joyeux Noël, Monsieur !

Je me retournai, surpris. Dans la lumière des réverbères, une silhouette se tenait sur mes talons. Enveloppée dans un long manteau de toile grise, un bonnet péruvien dissimulant des cheveux blonds qui s'échappaient, désinvoltes, en quelques mèches, le long de ses joues rougies par le froid, les mains dans les poches et un petit nuage de vapeur se formant à chacune de ses respirations, elle était là.

Je balbutiai un timide "*Bon Noël à vous, également*", mais déjà elle avait pris un air de petite fille qui veut qu'on lui raconte une histoire avant de s'endormir.

— Auriez-vous l'obligeance de m'autoriser à user de votre téléphone ? Mon réveillon ne s'est pas déroulé complètement comme prévu, et je me retrouve à quinze kilomètres de chez moi... Enfin, c'est une longue histoire...

En guise de réponse, je donnai un dernier tour de clé, poussai la porte et lui fit signe d'entrer. J'appuyai sur la minuterie du hall.

— Vous allez me raconter ça autour d'une tasse de thé... ou de ce que vous voulez...

Elle se retourna. Ses yeux brillaient. Ses joues étaient plus rouges que jamais. Ses lèvres vermeilles s'ouvraient sur un sourire d'ange. Elle prononça le plus beau mot du monde :

— Merci !

Je refermai la porte et je pressai la lettre dans ma poche.

Ma vie allait changer radicalement, je le savais. Après, il serait toujours temps d'envoyer la lettre quelque part où quelqu'un en aurait besoin…